KB202182

메아리와 소음

메아리와 소음

수필나무문학회

여러 빛깔의 감성과 사유 담은 수필나무

삶은 크고 작은 이야기로 가득 차 있습니다. 때로는 기쁨으로 빛나고 때로는 슬픔으로 가라앉으며 때로는 예기치 못한 방향으로 흘러가기도 합니다. 그 속에서 우리는 고민하고 배우고 성장하며, 문득 지나온 시간을 되돌아보게 됩니다. 그리고 그러한 순간들을 글로 남길 때, 비로소 자신의 삶을 정리하고, 타인과 공유하며 서로의 이야기 속에서 공감과 위로를 갖게 됩니다. 글을 쓰는 것은 결국 자기 자신과의 대화이면서도 동시에 누군가에게 말을 거는 행위일 것입니다.

수필나무 동인집 『메아리와 소음』은 우리 작가들이 저마다의 시선으로 바라본 삶의 조각들을 모아 한 권으로 엮은 수필집입니다.

여러 빛깔의 감성과 사유가 담긴 우리 배움의 결과물이기도 합니다. 작품들은 서로의 보편적인 감정을 공유하며 각자의 경험과 생각, 감정을 솔직한 언어로 풀어내었습니다. 그 속에 삶의 다양한 모습과 감정을 담고 있지만 그 중심에는 공통으로 '나'가 있습니다. 수필이 가진 가치일 것입니다. 작가의 실제 경험과 사색을 바탕으로 살아가면서 마주하는 사랑과 이별, 희망과 절망, 성장과 후회, 그리고 그 모든 순간 속에서 깨달은 것들이 이 책 속에 진솔함으로 녹아 있습니다. 우리들의 이야기가 키워낸 하나의 아름다운 '수필나무'입니다. 나무가 자라나 큰 그늘을 만들어 더위에 지친 이들에게 휴식처를 내어주듯 우리의 '수필나무'가 자라 많은 이들에게 마음의 휴식을 줄 수 있기를 바랍니다.

우리는 한복용 선생님과 함께 많은 시간 수필문학을 배웠습니다. 그리고 일 년 전 코이(Koi)의 법칙을 교훈으로 배움이라는 어항을 벗어나 넓은 강으로 나서는 디딤돌로 '수필나무문학회'를 결성했습니다. 수필문학에 관하여 경험하지 못한 일이 많은 것과 같이 배울 것도 아직 많습니다. 그러나 알고자 하는 노력이 경험과 지식을 만들어줄 것으로 생각합니다. 우리가 문학을 이해하고 배우려는 것은 단순한 지식 습득이 아니라 더 나은 사람이 되고자 하는 노력입니다. 그것은 우리 자신을 알아가는 과정이며 더 나아가 타인과 소통하고 공감하는 길이기도 하기 때문입니다. 이를 통해 우리는 더욱 깊이 있는 인간으로 성장할 수 있을 것입니다. '수필나무문학회'는 우리가 넓은 강으로 바다로 헤엄쳐 나아가 더 나은 문인으로 성장해가는 튼튼한 디딤돌이 될 것이라 기대합니다.

이 『메아리와 소음』이 세상에 선보이게 되기까지 많은 가르침을 준 한복용 선생님과 함께한 수필나무문학회 회원님들께 깊이 감사드립니다. 자신의 소중한 이야기를 나누어준 덕분에 이 책이 더욱 의미 있는 수필집이 될 수 있었습니다. 또한 원고를 다듬고 편집하며 완성도를 높이는 과정에서 애써준 편집진과 출판 관계자분들께도 감사의 마음을 전합니다. 무엇보다도, 이 책을 펼쳐주신 독자 여러분께 진심으로 감사드립니다.

2025년 5월
수필나무문학회 회장 변해진

차례

강명숙

『에세이문학』등단
(사)한국수필문학진흥회 이사
에세이문학 올해의 작품상 수상
E-mail : oksalty@gmail.com

숲의 소리

터치에서 포옹으로

팬티와 여선생

숲의 소리

"선생이 사라졌다."

교무실에 도착했을 때 평소와 다른 교감의 표정을 보고 내 머릿속이 하얘졌다. 직감적으로 내 담당 수업시간을 놓쳐버린 것을 알았다. 있을 수 없는 일이었다. 고개를 숙였을 뿐 아무 말도 할 수 없었다.

내 강의가 빌 때면 때때로 학교 담장 안 숲에서 지내곤 했다. 봄의 전령인 수줍은 진달래꽃. 언제나 나보다 날랜 학생들의 손길이 먼저 채간 자두들. 그 순간의 아쉬움. 설익어 아직은 먹지 못한다는 배려일까? 누가 그랬는지 그 나무에는 '약 쳤음'이라는 팻말이 붙어 있었고 나는 그 말에 픽 웃었다. 순식간에 시간이 흘렀다. 아니 그곳은 시간이라는 것은 존재하지 않는 공간이었다. 키 큰 벚나무에서 바람 따라 하늘거리며 웃어젖히는 춤추는 꽃잎들. 바람이 불면 내 얼굴보다 큰 후박나무 잎이 후두두 땅으로 내려앉던 소리. 부부 금실을 위해 침실 앞에 심어놓는다는 자귀나무 그 꽃에서는 살포시 복숭아 냄새가 났다. 숲에서 주운 큰 보물인 양 꽃잎은 수업 들어간 동료의 탁자 위에 올려놓고, 그건 내가 그녀에게 잠깐 들렀던 흔적이 되었다. 꽃말이 '두근거리는 가슴, 사랑'이라니 그녀가 그걸 알았다면 오해했을까?

숲은 항상 완벽했고 유혹하는 손짓이었으며, 나의 케렌시아였다.

내 수업 시간인 줄 까맣게 잊고 사라졌던 그 시간, 숲을 천천히 걷고 있는데 저만치 길 가운데 한 마리 새가 앉아 있었다. 점점 거리를 좁혀 그쪽을 향해 가는데도 꼼짝도 하지 않았다. "이상하다. 사람과 가까이 살다보니 이젠 거리낌이 없구나." 고개는 약간 들린 상태로 하늘로 향해 있었다. "새도 명상하네. 오! 집중력이 제법인데." 다가가 보니 눈꺼풀이 점점 내려앉고 있었다. 죽어가는 어린 새. 나는 그 새를 냅다 손으로 잡고 뛰기 시작했다. '여린 이 생명체를 살릴 수 있다면….' 어디에 있었는지 어미 새도 내 머리 위로 날아서 따라왔다. 마치 그 새는 나를 향해 이렇게 말하는 것 같았다.

"나의 아기를 어디로 데려가는 것일까, 불안하다. 아기는 스스로 일어서고 날아야 해. 높은 곳에서 추락했어. 사람을 흉내냈거든. 사실 우리는 떨어지지 않아. 쏜살같이 먹이를 향해 공중에서 땅으로 직활강하듯 낙하하기는 해. 아기를 위해 이제 하늘로 돌아가는 사랑의 노래를 부르게 거기에 놓아두어.

사람들은 언제나 자신들이 모든 것을 안다고 생각하지. 인간적 판단의 오류를 인정하지 않고 의지만 선하면 모든 것이 옳다고 단정해. 그들은 나를 까치라고 부르지만 난 나일 뿐이야. 우리가 공중을 도는 것은 끊임없는 자연에 대한 예찬이지. 대지에 깃들여 살지만 언제나 꿈은 거칠 것 없는 저 푸른 공허야. 몸이 커 갈수록 가슴을 하늘로 채우지. 그래서 날 수 있는 거야. 우리 조상들은 인간이 하늘을 나는 것을 본 적이 있다고 했어. 한때 그들의 가슴에도 그런 공허가 있었거든. 그런데 그들은 그곳을 근거 없는 지식과 오만한 꿈으로 채워놓았지. 어느 날은 온통 하늘이 먹빛일 때도 있었어."

아무도 없는 빈 양호실에 나는 한참을 서 있었다. 어린 새의 몸은 아직 온기가 있었다. 심장을 다쳤을까? 살릴 수 있는 방법이 있기는 할까? 궁리를 하다가 새를 품고 다시 운동장을 가로질러왔던 길로 뛰어갔다. 아까부터 나를 따라 날다가 양호실 지붕에 앉아 있던 까치 한 마리가 다시 날갯짓하며 따라왔다. 숲에 도착한 나는 잔디 위에 숨이 희미해져가는 생명을 눕혀주었다. '엄마와 만나렴.'

숲은 생명의 소리들이 앞다퉈 노래한다. 나무들 사이에서 춤추는 바람은 속살대고 나도 그 숲에서는 명상하는 새이기를 바랐다. 바람이 불면 흔들렸고, 비바람에 시달려 견디지 못하고 떨어져 내린 초록의 잎새들을 차마 밟고 지나칠 수 없어 깡충거리며 걸었다. 그런 모든 것들이 상념이 되었다가 속절없이 떠나가기도 했다. 그러나 터줏대감처럼 둥지를 튼 새는 언제나 나를 지켜보고 있었다.

●

부드러운 바람결이 나를 감싸던 어느 날, 고요한 숲길을 걷고 있었다. 갑자기 새들이 내 머리 위로 분주히 나는가 싶더니 사납게 울어댔다. 순간 내 뒤에서 '딱' 하는 소리가 났다. 그 진원지가 내 뒤통수였음을 인식한 것은 놀랍게도 아픔을 느끼고 난 다음이었다. 까치의 공격을 받은 것이다. 아뿔싸! 새의 산란기에 나는 배려와 예의도 없이 내 집처럼 숲에 드나든 것을 나중에야 알았다.

어디에서 무엇에 대해 배우는가? "소나무에 대해선 소나무에게 배우라"고 한 마쓰오 바쇼의 말이 떠오른다. 숲에서 존재하는 방법을 알기 위해서는 숲에게, 까치에 대해선 까치에게 배우는 게 맞다. 그러나 오만한 우리에게는 사람의 생각이 그대로 새의 입장이 되었다. 우리의 입맛대로 자주 타인을 재단하기도 한다.

자연이 주는 지혜들에 대해서 깨우쳤더라면 함부로 숲을 휘젓고 다니지 않았으리라. 새를 살려야겠다는 어설픈 판단에 앞서 새끼 새에게 어미와 함께할 시간을 좀 더 주었으리라. 서로 충분히 위로하고, 슬퍼할 시간은 누구에게나 필요하다는 것을 알았을 것이다. 배려에도 상대에 대한 앎이 필요하다. 선한 의지도 독이 될 수 있다는 것을 알게 한 숲은 선생님이다.

나에게 스민 어린 새의 희미한 온기가 아직 손에 남아 있다. 나의 명상하는 새는 오래 내 마음에 자리잡고 떠나지 않는다. 태어난 곳으로 다시 돌아갔을 어린 새의 누웠던 자리에 하늘이 푸르다.

터치에서 포옹으로

언제부턴가 꽤 멋진 버릇이 생겼다. 궁궐의 기둥, 벽면이나 다른 유적들을 찬찬히 쓰다듬거나 손바닥을 대고 정신을 집중하게 된 것이다. 고적들은 찬란한 유산이지만 빛마저 퇴색할 것 같은 과거의 흔적일 뿐 나와는 유리된 것, 역사적 의미로만 읽히는 건 어쩔 수 없었다. 휑한 바람만이 머물다가는 듯 적적하고 허허롭게 다가온 건 사람이 살지 않아서일까? 거칠어진 내 손의 감각도 무뎌졌으나 풍진 세월을 살아냈던 공간 속의 사람들을 촉감으로 느껴보고 싶었다. 시간으로 철저히 구분된 이쪽의 존재로서 나는 과연 그들을 만날 수 있는 걸까. 지금 여기 없으나 뜨거운 감정을 가지고 살았을 숨결. 불어넣었던 마음은 유적처럼 그곳에 영원히 존재한다. 내 상상을 불러와 그들의 이야기를 들을 수 있기를 꿈꾼다. 그런 마음이 되어보고 싶은 것이다. 이 꽃문양을 만든 사람은 꽃처럼 미소 지으며 조각했을까. 그랬으면 좋겠다고 건네는 말. 그것을 보듬은 사람의 마음을 살짝 들여다본 것처럼 나는 슬며시 미소를 보낸다. 그러면서 묘한 감동을 느낀다. 그렇게 당신을 초대한다. 당신이 온다. 비로소 공간이 따뜻해진다.

바쁘다는 핑계로 일만 보이고 사람은 보이지 않았던 시간이 있었다. 흘끗 보고 스쳐 지나가버린 것들 속에 잃어버린 의미들. 이제라도 촉감을 통해 올라오는 진동을 진하게 가슴에 느껴보고 싶은 건 무늬처럼 몸에 새긴다는 것이 아닐까? 만남에 있어서 좀 더 호의적인 제스처는 손과 손을 맞잡는 것으로 시작되기도 한다. 이 평등과 신뢰의 심벌인 악수는 아직 가슴을 내어주는 사이까지는 아니다. 그러나 좋은 만남이 지속될 거라는 상징이기는 하다.

따뜻한 체온이 전류처럼 흐른다. 더디게 오거나 오지 않았을 세상이 터치, 어루만짐으로써 새로운 세상이 열린다. 이제 당신이 반걸음 앞에 서 있다. 터치는 말 이전의 무언의 언어다. 그런데 이것보다 더 가슴이 뜨거워지는 강렬한 몸의 언어가 있다. 송두리째 당신이 온다. 그것은 며느리가 몰고 온 바람이었다.

그녀는 결혼한 후 만나거나 헤어질 때 언제나 먼저 다가와 나와 남편을 안아주었다. 갑자기 당황스러웠으나 가만히 있을 수는 없어 곧 그런 그녀를 어색하게 안았다. 이건 뭐지? 낯설지만 뭔가 뭉클한 이 느낌. 그렇게 시작되었다. 아들들을 한번 안아주고 싶어도 괜히 쑥스런 마음을 꾹 눌렀는데 이제 안는 것이 자연스럽다. 우리는 만나면 서로 안고, 헤어질 때면 꼭 껴안아주었다. 그녀라고 그게 쉬웠을까. 그것도 결혼하자마자 시작된 시媤 자 붙은 이들과의 포옹이라니. 그것은 그녀가 사람을 환대하는 방법이었다. 살짝 내향적인 그녀지만 우리를 한가족으로 들이고 싶다는 마음의 발로, 사랑이다. 그런 그녀가 고맙다. 삶의 한 수를 우리에게 전수했으니.

포옹은 그의 전존재로 달려드는 촉감이며 감각적 사랑이다. 아주 내 안으로 훅 들어오는 거리이다. 서로의 숨이 닿는 거리. 심장이 닿는 거리이다. 당신을 다 이해하지 못해도 사랑한다고, 같이 어려움을 이겨내자고 위로하는 그 마음이 지금 당신에게 옮겨가고 있는 중이다. 한 존재에 대한 설렘과 경이가 펼쳐진다. 가슴이 부푼다. 지금 이 별 위에서 우리는, 사랑과 위로가 필요한 여린 가슴이라는 것에 공감하는 당신도 나도 진하게 만나고 싶다.

당신이 슬프고 외로울 때 내가 마음으로만 '어쩌나'를 외치는 사람이 되지 않기를 바란다. 바로 그때 마음의 스위치가 켜져 당신의 등을 쓰다듬다가 두 팔로 아니 가슴으로 당신을 안게 되면 오히려 내 심장은 말랑말랑해지고 그 여운은 길고 깊다. 당신을 어루만지는 마음이 비옥해진다. 나도 그렇게 누군가의 버팀목, 기댈 수 있는 둔덕이 되어주고 싶다. 그리고 나도 위로받고 싶다.

우리들의 관계에서 정말 필요한 것은 많지 않다. 지금 곁에 있는 누군가를 꼬옥 포옹하길. 우리는 너무 멀리 서 있었다. 서로의 숨결이 새지 않도록 그냥 '오래' 안아야 한다. 그렇지 않으면 마음을 주다만 듯 헐거워진 우리는, 서로에게 오다 돌아가리라. 포옹할 때 사람들의 표정에서는 안도와 공감과 따뜻함, 너그러움이 읽히기도 하고 어느 땐 결연함이 보인다. 그것은 이 불안한 세상에 얼룩진 상처투성이의 영혼, 메마른 대지에 부어지는 '함께'라는 생명수이기 때문이다. 가슴이 뜨거워지는 이 선물 앞에 딛고 있는 현실이 무겁다고 해도 연대한다는 느낌에 감사한다. 비록 조심스러울 때도 있으나 건조해진 마음의 경계마저도 허물고 싶다. 특히 사랑하는 사람들에게는 아끼지 않을 일이다.

　당신의 따뜻한 가슴으로 세상을 데울 수 있다. 껴안을수록 행복이 자동 충전된다. 서로 안긴 오늘은 좋은 날이다. 오늘의 포옹을 내일로 미루지 않기를.

팬티와 여선생

그때 나는 허드슨 강변을 걷고 있었어. 뉴욕과 뉴저지를 가로지르는 강이지. 남편의 회사 일로 다니던 직장인 학교를 10년 남기고 퇴직한 후 뉴저지의 그야말로 엣지워러EDGE WATER에 이삿짐을 풀었지. 저녁이면 강변을 산책하는 게 일과였어. 거위들이 무리지어 거만한 걸음걸이로 휘젓고 다닐 때 산책하는 사람들은 정중히 무리에게 길을 내주곤 했지. 빛을 내며 날아오르는 반딧불이를 본 곳도 그곳이었어. 황홀경 그 자체였지. 아이처럼 설레며 감탄사를 연발했어. 산책길은 요트들이 달리며 만들어낸 강의 물결 소리와 바람, 강 건너편 맨해튼의 야경으로 한가롭고 낭만적인 일상을 만들어주었지. 그러나 간간이 머물다가는 사람에 대한 그리움은 어쩔 수 없었나봐.

좀 걷다보면 그 길은 시티 플레이스로 이어져. 그곳엔 근사한 레스토랑과 카페들, 옷가게들이 있었지. 그중에 왠지 들여다보기에도 민망한 팬티들이 화려한 면면을 뽐내면서 사람들에게 손짓하는, 속옷을 파는 숍이 있었어. 시신경이 확장되면서 현란하고 퇴폐적이며 야한. 적어도 내 눈엔 그랬어. '망측스럽네. 저걸 걸칠 수는 있는 거야? 그런데 꽤 비싼걸.' 주로 젊은 여성들이 주고객이었고 때때로 남성들도 드나들었지만 무슨 금기처럼 눈길조차 오래 줄 수 없었지. 처음엔 그랬어.

자타공인 나는 야하지 못한 사람으로서 진지하게 세상을 산 사람이라고 생각했는데 그러나 자꾸 보면 익숙해지고 익숙해지면 내 것이 된다고 했던가. 어느 날부터 그곳은 현실 밖의 세상인 것처럼 속옷에 꿈을 달고 있는 신세계로 보였어. 내가 꿈을 꾸는지 팬티가 꿈을 꾸는지 모를 일이지만.

어느 날 그곳을 지나다가 순간 기발한 생각이 스쳤어. 오랜 세월 같은 꿈을 꾸며 열정을 살랐던 동료 여선생들과 팬티가 오버랩되었던 거야. 퇴직 후 3년이 좀 지났더군. 그녀들에게 저 팬티를 입히자! 내 돈으로는 결코 사지 않게 되지만 선물받으면 기분 좋아지는 것들이 있잖아. 설사 사용하지 않아도 물건이 가지는 이미지만으로도 즐거운 것들이 있어. 갑자기 마음이 바빠지면서 상상의 나래를 펴고 날아오르기 시작했지.

'저건 그냥 팬티가 아니다. 내가 사는 그런 세상이 아니야. 뽐내는 듯한 현란한 색깔들. 이름만 팬티인가 망사를 걸쳐야 하는걸. 너무 파져 아슬아슬한 속옷. 보석과 반짝이가 달리지 않은 것이 다행이

네. 일본의 스모 선수들이 시합 때 걸치는 듯한 저 끈팬티는 차마 못 사겠구나. 실루엣이 그려져.'

나는 그곳을 '내 상상을 초월한'이라고 표현하고 싶어. 속옷의 기능만을 섬기며 소비한 내가 야한 팬티 하나 입는 것이 바람의 언덕에 서는 것도 아닐진대 내가 좀 웃기는군. 속옷인데 아무려면 어떤가? 하지만 만만하게 생각하지 마. 팬티도 도발할 수 있으니까. 분위기 좀 내려고 그의 힘을 빌리기도 하잖아. 옷의 지대한 역할이며 목적이야. 말로 표현하는 대신 옷으로도 마음을 표현하니까. 어떤 옷을 입고 살고 있다고 정신의 세계까지 확장시키지. 그것으로 생각이 자유로워질 수도 있고 그 반대가 될 수도 있어.

남편과 나는 킥킥거리며 이 팬티 저 팬티를 놓았다 집었다 고르는데 열중했어. 여선생들은 연령이 고루 분포되어 있으나 공통점은 살찐 사람이 없었다는 것을 생각하면서. 솔직히 잠시 머뭇거리기도 했지. 이걸 삼십 장쯤 사면 돈을 꽤 써야 하는 것이었으니. 그러나 야한 팬티 하나에 담긴 다른 세상에 눈뜬, 그 작은 것으로 초대한다는 마음으로 과감히 지갑을 열었어. 팬티들을 하나씩 포장하여 크리스마스 이전, 겨울 방학식을 앞둔 날에 도착할 수 있게 발송했지.

'뜻밖의 선물에 그녀들은 팬티를 흔들면서 얼마나 깔깔대며 즐거워할까? 팬티를 입고 짠 하고 나타날 그녀들, 남편들의 반응은 어떨까? 그 밤이 그대로 지나갈 수는 있을까?'

●

친했던 옛 동료에게 부탁했어. 여교사 회의시간에 모두에게 그리움을 담은 짐짓 점잖게 쓴 편지를 대신 읽어주고, 내용물을 알 수 없는 문제의 그것들을 하나씩 뽑을 수 있게 해달라고.

"ㅋㅋ 너무들 재미있어하고 좋아했지. 이벤트로는 최고였어. 그런데 그 와중에 자기 것이 덜 예쁘다고 남의 것을 탐내는 이들도 있었지. ㅋㅋ 여하튼 기분 좋게 웃을 수 있는 선물이었어. 빅토리아 시크릿. 난 잊혀지지가 않아. 메이커까지." 친구가 전해준 그때의 분위기였지.

지나고 보니 그것은 동료가 아닌 나에게 보낸 선물 같은 것이었어. 특별한 경험을 선물한 사람의 뿌듯한 마음. 게다가 유쾌한 정신적 반란을 도모하는 생각까지 선사했다는 기분을 얻은 잊지 못할 추억이야. 남편은 속으로 저 여자가 지금까지 같이 산 그 여자가 맞아? 했지. 야한 팬티를 직장 동료들에게 선물한다니! 놀랐었나봐. 그런데 그걸 함께 골랐던 그는 즐겁기만 했을까?

가끔 사람은 일탈을 꿈꾸지. 그러나 속옷 하나 평소의 취향을 넘어서는 것도 쉽지 않아. 관습의 옷을 입고 살고 있는 것처럼. 그 진부함으로부터의 해방은 그 너머를 그리워하는 용기가 필요해. 시작이 반이라고, 한걸음 건너뛰면 별일이 아무 일도 아닌 게 되거나 엄청난 반향을 일으키지. 내 속의 나를 꺼내놓기도 해. 나라고 알고 있던 것에 정면으로 맞서는 낯섦을 만날 수도 있어. 그리고 또 다른 자기 안의 색깔을 들여다보는 풍요로워지는 기분, 자신이 입고 있

는 세상에 대한 개안開眼까지. 변화의 시작이야. 물론 어떤 변화일
지는 처음에는 가늠이 안 될걸. 어디로 튀게 될지도 몰라. 무엇이든
아주 작은 것에서 비롯돼. 보이는 대로만 보지 않기를. 그 너머를
그릴 수 없을 때조차 도전하는 것이 무의미하다고 단정짓지 말아.
한 걸음 떼기도 어려웠던 자신이 이미 다른 한 세상을 가슴에 들인
것이니까.

갑자기 그런 생각이 들어. 그 야한 팬티를 액자에 넣어 미술관에
걸어놓으면 어떨까? 관객들은 어떤 반응을 보일까? 고개를 끄덕이
면서 유쾌한 웃음 한번 날리는 것으로만 끝날까?

강정석

1949년 충남 부여 출생
HD현대중공업그룹 부장 정년퇴직
(HD현대중공업/ HD현대삼호/ HD현대미포)
2016년 조선造船정도精度관리 45년 근무 후 은퇴
2017년 경북매일신문 '스틸에세이' 공모전 입상
전) 노년신문 〈Mr. 노년〉 4컷 만화, 만평 연재
SBS TV 〈나의 버킷리스트〉 출연
E-mail : gjskang@naver.com
blog : http://blog.naver.com/gjskang

심폐소생술

베트남 수석 이야기

그는 즐겁다

심폐소생술

    내 앞에 서 있던 노인이 갑자기 쓰러졌다. 흔들리며 달리는 1호선 지하철 안에서 생긴 일이다. 나는 쓰러진 노인과 두어 발짝쯤 떨어져 서 있었다. 너무 놀라고 당황스러워 무엇을 어떻게 해야 할지 알 수 없었다. 그러나 가장 빠르게 손쓸 수 있는 사람은 나뿐이었다. 우물쭈물할 겨를이 없었다. 무릎 꿇고 전동차 바닥에 쪼그려 앉았다. 나의 무릎 끝을 당겨 쓰러진 노인 옆구리에 바짝 붙였다. 그리고 윗몸을 곧추세워 TV 화면에서 봤던 대로 심폐소생술을 시작했다.

    아, 20여 년 전 회사에서 플라스틱 인형을 눕혀놓고, 심폐소생술을 딱 한번 연습해본 것이 전부인데, 그나마 어렴풋이 생각났다. 그 오래된 기억을 더듬으며, 두 손을 포개 노인의 가슴 가운데쯤 명치 쪽에 얹었다. 이어 윗몸의 체중을 실어 누르기 시작했다. 동시에 전동차 안에 있는 사람들이 다 들릴 정도로 큰소리로 외쳤다. 순간 내 목소리는 많이 떨렸다.

●

"누구 심폐소생술 잘하는 사람 없어요? 저는 안 해봐서 잘 몰라요!"

사람은 많아도 선뜻 나서는 이가 없었다. 나는 더 당황했다. 판단이고 뭐고 생각할 겨를이 없었다. 그저 노인의 가슴 가운데를 힘껏 눌렀다 떼기를 반복했다. 순전히 TV에서 곁눈질로 본 것과, 옛날 안전교육 받은 기억을 떠올려 무의식적으로 움직일 뿐이었다. 가슴의 어디를 얼마나 센 힘으로 눌러야 할지, 시간 간격은 얼마쯤이어야 할지, 알지도 못했고 자신도 없었다. 갑자기 맞닥뜨린 절체절명의 순간에 어찌할 바를 모르고 그저 허둥대며 노인에게 '심폐소생술' 비슷한 것을 계속하고 있었다. 그때 대학생으로 보이는 청년이 노인 얼굴을 살펴보며 말했다.

"심정지는 아닌 것 같아요. 할아버지가 숨은 쉬고 계세요."

정신을 차리고 노인의 얼굴을 보니 가늘게 숨을 쉬고 있었다. 멈췄던 심장이 다시 뛰기 시작한 건지, 처음부터 숨은 쉬고 있었던 것인지, 잠시 기절했다가 깨어난 건지 나는 알 수 없었다. 아무튼, 노인과 함께 나도 정신이 돌아왔다. 노인은 가늘게 눈을 뜨고 꺼져가는 목소리로 뭐라고 말하고 있었다. 목소리가 작아서 무슨 말인지 알 수 없었다. 두 청년이 노인의 양쪽 팔을 부축해 의자에 길게 눕혔다. 한 청년이 조금 전 119에 신고했다고 말했다. 종로3가역으로 곧 구급대가 올 것이라고 했다. 그제야 나는 노인의 행색을 자세히 봤다. 80대 초반쯤으로 얼굴이 창백했고 몸은 비쩍 말라서 기력이 하나도 없어 보였다. 노인은 구급대가 필요 없다고, 이제 괜찮다고 들릴 듯 말 듯 말했다. 아마 노인은 전에도 그런 경험을 했던 것 같기도 했다. 내가 큰소리로 말했다.

"안 돼요! 다음 역에서 구급대와 함께 꼭 병원에 가보세요. 이러다가 정말 큰일나요!"

신고한 청년에게 다음 전철역에서 구급대가 노인을 병원으로 모셔갈 때까지 수고 좀 해달라고 부탁했다. 청년은 선선히 알겠다고 했다. 노인이 쓰러졌을 때 곧바로 119에 신고해준 젊은이의 빠른 조치가 고맙고 미더웠다. 이제 내가 할 일은 없었다. 긴박한 위기 순간은 넘겼고 상황은 잘 정리되어 마음이 편해졌다.

나는 후~! 깊은 숨을 뱉어내며 생각했다. TV 뉴스에서나 볼 수 있는 일이, 나와는 아무런 관련이 없는 줄 알았던 일이, 내 앞에서 일어날 수 있구나. 죽음과 삶과의 경계가 백지 한 장 차이라는 것을 손끝으로 생생하게 느꼈다. 사람의 목숨이 저렇게 쉽게, 길거리에서 촛불 꺼지듯 끊어질 수도 있는 것이구나, 하는 생각을 했다. 종로3가역에 도착했다. 119에 신고한 청년과 그의 친구로 보이는 청년이 힘을 모아 노인을 부축해 승강장에 내렸다. 119구급대는 곧 올 것이다. 노인이 고집피우지 말고, 병원에서 꼭 정밀검진 받기를 바랐다.

그날 나는 종로3가 도심50플러스센터 '존엄한 죽음' 강의를 듣기 위해 가던 중이었다. 존엄한 죽음에 대하여 공부하러 가는 길목에서, 삶과 죽음을 가르는 팽팽한 긴장을 온몸으로 겪고 나니, 존엄한 죽음이란 무엇인가에 대한 의문이 더 크고 무겁게 다가왔다.

전철역 세 정거장 사이에서 생긴 사건이니 불과 5~6분 정도의 짧은 시간에 벌어진 일이다. 그 사건은 막연하게 여겼던 '죽음'에 대하여 다시 생각하게 했다. 내 손끝의 감각으로 생명의 연약함을 느꼈기 때문이다. 죽음은 생각보다 훨씬 가깝게 있구나. 죽음은 감당할 수 없는 무게로 서서히 다가오는 게 아니라, 갑자기 덮쳐오는 것이구나 하는 생각이 마음속으로 깊게 새겨졌다.

특이한 사건을 경험한 그날 이후로도 가끔 그 일에 대한 궁금증이 불쑥불쑥 피어오를 때가 있다. 몇 년이 지난 지금까지도 궁금하긴 하다. 그 노인을 내가 살렸을까. 정말 심정지로 쓰러진 것일까. 아니면 기력이 없어 잠깐 기절한 것일까. 만약 가슴에 압박을 가해서 정지한 심장이 다시 뛰게 된 것이라면…. 이런 생각에 이르면 혼자서 빙긋이 미소 짓는다.

그날 나는 한 고귀한 생명을 살려낸 것인지도 모른다.

베트남 수석 이야기

돌덩이 한 개에도 나만의 이야기가 숨어 있으면 그냥 돌덩이가 아니다. 차가운 돌 한 개에서도 따뜻하고 재미있는 기억을 끄집어 내어 혼자만의 추억 바다에 빠져들 수 있다.

우리 집 거실 한 편에 하얀 차돌 수석 한 점이 덩그러니 서 있다. 우람하게 쏟아지는 폭포수 모양으로 조각된 하얀 차돌엔 빨간 천연 루비가 백여 개 박혀 있다. 내가 베트남에서 가져온 것이다. 수석이 앉아 있는 흑갈색 나무 좌대는 중국에서 일할 때 구해왔다. 수석은 베트남, 좌대는 중국산이니 돌덩이 하나에 여러 나라의 기억들이 서려 있는 셈이다.

그날은 내가 베트남 하이퐁에 있는 대형 조선소 기술고문직을 마치는 날이었다. 베트남인 통역을 데리고 사장실을 방문했다. 작별 인사를 하기 위해서였다. 넓은 사장실은 눈이 휘둥그레질 만큼 호화스러웠다. 온갖 화려한 공예품과 기기묘묘한 수석들이 진시황릉 병마용 용사들처럼 서 있었다. 문 앞에는 킹코브라가 삼각머리를 곤두세운 채 금방이라도 물듯이 독니를 드러내며 노려보았다. 커다란 병 속 알코올에 담긴 장식용이다.

그동안 회사의 배려에 감사하고, 조선소 발전을 기원한다는 의례적인 인사를 하고 뒤돌아나오던 참이었다. 사장은 '잠깐만'이라고 말하며 나를 다시 불러세웠다. 무슨 일이지 하며 돌아보았다. 사장은 집무실 수많은 공예품을 서둘러 훑어보며 뭔가를 찾고 있었다. 내게 줄 기념품을 찾는 것 같았다. 나는 약간의 기대와 궁금증을 안은 채 물끄러미 사장이 하는 행동을 지켜보았다.

이것저것 적당한 물건을 찾던 사장은 한 수석 앞에 가더니 냉큼 두 손으로 그것을 가슴에 안았다. 한눈에 보아도 모양이며 빛깔이며 아름다운 수석이었다. 무게가 제법 되는지 수석을 품에 안은 사장의 두 손에 잔뜩 힘이 들어가보였다. 그는 내게로 다가와서 그동안 기술지도에 감사하다며, 안고 있는 수석을 기념품으로 선물하고 싶다고 했다. 나는 사양했다. 사장실을 장식하고 있는 고급스런 물건을 '감사합니다' 하고 냉큼 받으면 한국인의 체면을 구길 것 같아서였다. 그러면서 속으로 생각했다.

'저렇게 크고 무거운 물건을 선물로 주면, 비행기에 어떻게 싣고 가라고?'

그렇지만 한편으로는 가져가고 싶었다. 저렇게 멋진 수석 한 점을 거실에 놓아둔다면 참 근사할 것 같았다. 통역은 내 옆구리를 찌르며 그냥 받으라고 권했다. 나는 궁리 끝에 받기로 했다. 가슴에 받으며 두 손에 힘주어 안았다. 짐작한 대로 많이 무거웠다. 수석을 내가 혼자 쓰던 사무실로 가져왔다. 통역과 나는 수석을 책상 위에 올려놓고 자세히 살펴봤다. 하얀 색 차돌에, 수정처럼 여러 면으로 각이 예리하고 녹두알 크기의 빨간 색 보석들이 무리지어 촘촘하게 박혀 있었다.

이 세상이 만들어질 때, 조물주가 커다란 손 가득히 보석을 한 움큼 쥔 후, 아직 굳지 않은 차돌 반죽에 확 하고 뿌린 것이 그대로 박혀 있는 모양이다. 나는 빨간 보석 이름이 무엇인지는 몰랐다. 인터넷으로 검색해보니 사진까지 곁들여 자세한 설명이 나와 있었다.

'루비'라는 보석이었다. 경도가 9로 다이아몬드 다음일 정도로 높고, 빨간 색일 때는 루비라고 하고, 다른 색을 띨 때는 '사파이어'라고 했다. 동양에서는 '홍옥'으로 불리는 보석이었다. 루비는 7월의 탄생석으로 타오르는 사랑을 상징한다고도 했다.

루비에 대해서 여러 가지를 알게 되자, 수석이 더 고급스럽고 우아하고 귀하게 보였다. 귀국할 때 어떻게 해서라도 꼭 가져가자고 마음먹었다. 그러나 크기와 무게가 고민거리였다. 귀한 물건이 생기면 즐거움과 걱정거리도 함께 따라온다는 말은 이럴 때 딱 들어맞는 말이었다.

우선 크기를 줄이고, 무게를 줄여야 했다. 대략 높이가 60㎝, 무게가 25kg쯤 됐다. 자세히 살펴보니 루비는 위쪽에만 몰려서 박혔고, 밑동 쪽에는 드문드문 보였다.

어떻게 하면 멋진 모양은 살리면서 크기를 줄일 수 있을까? 이리저리 자로 재보며 궁리했다. 전체의 삼 분의 일쯤에서 밑동을 잘라내면, 모양도 그런대로 살려낼 수 있고, 무게는 반쯤 줄일 수 있을 것 같았다.

베트남인 통역은 눈을 크게 뜨며 적극 반대했다. 귀한 물건이 흉하게 된다는 것이 이유였다. 나는 귀국할 때 항공화물 무게를 줄이는 것이 더 중요했다.

나는 네임펜을 꺼내서 아래쪽으로 잘라낼 금을 긋기 시작했다. 통역은 어이없다는 듯이 옆에 붙어 서서 연신 혀를 차댔다. 가능한 루비가 많이 박혀 있는 곳은 살려서 잘라낼 선을 과감히 긋기 시작했다. 수석이 좌대 위에서 무게 중심을 맞춰 안정감 있게 서 있어야 했다. 커다란 배를 만들 때 '블록'으로 나누는 분할선 긋는 작업을 하얀 돌 위에 한 것이다. 이건 내 전문분야가 아니었던가!

혹시 귀중한 루비가 다른 물건에 부딪쳐서 빠지지 않도록, 수석 전체를 커다란 수건 두 장으로 두껍게 돌돌 감아 테이프로 고정했다. 차에 탈 때도 조심조심 가슴에 안은 채 시내에 있는 돌가공 가게를 찾아갔다.

하이퐁 시내엔 돌이나 대형 타일을 가공하는 가게가 몇 곳 있었다. 잘라낼 금을 보여주자 주인은 문제없다며 내일 찾으러 오라고 했다.

다음날 밑동이 댕강 잘려나간 수석을 통역이 내 방으로 가지고 왔다. 원래의 멋진 자태보다는 못했지만, 루비가 번쩍이는 수석은 그대로 광채를 뿜어냈다. 통역은 잘린 밑동 부분은 자기가 갖겠다고 했다. 밑동에도 루비가 열댓 개가 박혀 있었다.

귀국 짐을 싸기 시작했다. 2년간 일했던 베트남 생활이니 짐이 많았다. 베트남항공사 한 사람 항공화물 허용 무게는 30kg이다. 초과되면 무게만큼 할증해서 돈을 더 내야 한다. 많은 물건을 통역에게 주고, 짐을 줄이고 또 줄였지만 한계가 있었다.

귀한 수석은 양보할 수 없었다. 결국 하노이공항에서 일이 터지고 말았다. 웬 짐이 이렇게 무겁냐며 문제의 수석이 들어 있는 커다란 여행가방을 세관원이 열어젖혔다. 이어서 가방 속 물건을 하나하나 이 잡듯이 뒤졌다. 추가로 물어야 할 짐값이 비행기 티켓값과 같았다. 되돌릴 수도 없는 일이었다. 통역도 옆에 없고, 나는 베트남 말도 할 줄 몰랐다.

예상하지 않았던 세관원의 까다로운 짐 조사에 시간을 많이 걸려 까닥 잘못하면 비행기 탈 시간에 못 맞출 수도 있을 것 같았다. 하노이국제공항에서 그야말로 혼자 진땀나는 시간이었다. 화물 추가 요금 내는 곳은 검색대에서 조금 떨어진 곳에 있었다. 시간이 급했다. 숨 가쁘게 달려가서 돈이 얼마가 되었든 카드로 결제했다.

귀국 한 달 후 카드 명세표가 날아왔다. 베트남 항공사에 추가로 낸 짐값이 정말 내 항공료와 똑같았다. 사람 항공료와 짐값이 같은 경우는 드물 것이다. 다시 생각해봐도 베트남 항공사한테 뭔가 바가지를 썼다는 생각이 불쑥불쑥 고개를 내밀었다.

다시 생각해보니 불평할 일이 아니었다. 베트남에서 일한 2년간 열대 과일 실컷 먹고, 이국적 풍광 잘 구경하고, 대접 잘 받았으니 감사한 일이었다. 이렇게 마음을 고쳐먹으니 마음이 편해졌다.

귀국 후, 조금 지나서 중국 조선소와 인연이 이어졌다. 중국의 어느 공예품 가게 앞을 무심히 지나는데, 창문 안에 있는 한 좌대가 내 눈에 들어왔다.

문득, 좌대 없이 거실 한 쪽에 덩그러니 서 있는 베트남 수석이 생각났다. 좌대의 모양, 크기, 색깔이 수석과 안성맞춤이었다. 그걸 냉큼 구입했다.

구름 모양 조각이 정교한 흑갈색 좌대 위에 하얀 수석을 올려놓았다. 원래부터 한 짝이었던 것처럼 어울렸다. 하노이공항에서 내게 애를 먹였던 문제의 수석 한 점. 빨간 루비 수백 개가 은하수처럼 촘촘하고 영롱하게 박혀 있는 그 수석은 지금도 거실장 위에서 우아한 멋을 뽐내고 있다.

그는 즐겁다

그는 즐겁게 살기로 마음먹었다. 세상의 밝음과 어둠 중, 밝은 쪽을 보며 살기로 했다. 어둠 쪽을 바라보면 마음은 우울해지고 힘도 빠지게 되니까.

그는 은퇴했고 이제 노인이다. 인생의 느지막에 시간 부자가 됐다. 일, 책임, 의무, 관계에서 벗어난 해방감이 즐거웠다. 이때야말로 자신의 선택에 따라 삶의 방법은 얼마든지 변할 수 있는 좋은 시기라고 생각했다. 무얼 하든 시비 걸 사람은 없다. 완수해야 할 과제도 없고, 무언가 꼭 해야 할 일도 딱히 없다. 글자 그대로 완전한 자유가 낯선 얼굴로 그의 앞에 펼쳐졌다. 하루건, 일주일이건, 몇 달간을 하릴없이 빈둥거려도 아무 문제가 생길 리 없다.

'일하지 않는 자, 먹지도 말라'는 지금의 그에게는 천부당만부당한 말씀이다.

'젊어서 열심히 일한 당신, 이제부터는 어느 것에도 걸림 없이 마음대로 살아라!'가 그에게 해줄 수 있는 온당한 말이다.

그가 인생 1막 조선소에서 배 지을 때는 감당해내기 어려운 일도 참 많았다. 단군 이래 최초로 건조하는 259,000톤 초대형 원유운반선을 짓는 일은 참으로 고난의 연속이었다. 매일 매일 반복되는 선체검사 불합격 문제, 탑재 블록 세팅(선체 부품을 정밀하게 맞추는 작업) 지연 문제, 그리고 수시로 발생하는 징도불량(부정확한 제품) 문제, 공정지연 문제, 노사 문제, 골칫덩이 사람 문제, 안전사고 발생 문제 등 일의 양과 해결 어려움에 짓눌려서 개인적인 시간은 꿈도 꿀 수 없었다. 연월차가 30개가 넘게 쌓여 있어도 사용하기가 어려웠다. 항상 넘쳐나는 일의 양과 어려움을 등에 지고 책임과 의무를 감당하기에 버거웠다. 어떤 때는 사흘씩이나 연속으로, 머리 아픈 일이 꿈에 뵈는 악몽을 꾸기도 했다.

그는 세상 사람들 모두 비슷하게 살고 있겠지 생각하며 견디며 이겨냈다. 몰라서 그렇지, 1970년대 대한민국에 이런 번듯한 일자리도 없었다.

'인생이란 원래 고해 바다'라는 불경도 되뇌며 스스로를 위로했다. 스트레스 실체가 손에 확 잡히는 구체적인 무엇이 있는 것이 아닐 때도 있었지만, 가슴을 활짝 펴고 속마음까지 홀가분한 날은 별로 없었다. 아마 습관에 젖어서 그랬을지도 모른다. 말뚝에 목줄이 매어 살아온 온순한 소는 고삐를 풀어놓아도 말뚝 근처를 벗어나지 못하는 것처럼.

그는 가끔 낙원을 꿈꿨다. 특히 일의 스트레스가 많은 날에는 더 간절하게 막연한 낙원을 동경했다. 이 세상 어딘가에 일하지 않고, 의식주가 해결되는 곳이 있다면, 그곳이 지상낙원일 것이다. 그런 곳에서 살 수 있다면 얼마나 좋을까. 망상에 가까운 동경일 뿐이었지만.

그때의 생각으로 본다면, 현재 그의 삶은 낙원이나 다름없다. 하루 종일 아무 일도 하지 않고, 그저 마음 가는 대로 하고 싶은 것을 하고 살면 된다. 허송세월해도, 무위도식해도 아무 문제 없다.

그가 조선소 다니던 시절이었다. 아직 동이 트지 않은 꼭두새벽 알람 소리에 억지로 눈을 떠야 했다. 해야 할 일의 책임감 부담 속에서 매일 새벽 뒤척이며 눈을 비볐다. 강산이 네 번 반쯤 바뀐 세월을 그렇게 살았다.

어쩌다 한번 쉬는 일요일에도 밀려 있는 일 생각에 마음이 편치 않았다. 휴일에도 회사 현장을 둘러보고 와야 마음이 편했다. 삶의 질을 추구하는 현대인은 그것을 '일중독증'이라는 혐오적인 이름으로 부른다. 하지만 그 시절에는 당연한 것이었고, 오히려 미덕이었다. 그는 그런 정신으로 일한 국민들이 대한민국을 선진국으로 만들었다는 신념을 갖고 있다.

●

정주영 회장은 해야 할 일의 즐거운 기대감에 매일 아침을 설렘으로 맞이했다고 자서전에 썼지만, 청년시절 그는 정 회장 말에 선뜻 동의할 수는 없었다. 오히려 나와는 다른 세계에 사시는 분이구나 하는 괴리감이 들었다. 새벽 알람 소리에 몸을 뒤척일 때면, '아! 오늘 하루가 내 맘대로 뒹굴어도 되는 휴일이라면 얼마나 좋을까!'라고 혼잣말 하는 날도 많았다.

그 시절 동료 한 사람이 출근길에 행방불명되는 사건이 있었다. 집에서는 출근했다는데, 회사엔 나오지 않았다. 가족에게도 행방을 이야기하지 않아서 하루 동안 실종 상태였다. 혹시 이상한 생각을 먹은 것은 아닌가? 걱정되어 많은 사람들이 찾아나섰다. 저녁때서야 오토바이가 발견되고 실종자를 찾았다. 그 친구가 호젓한 방갈로에서 하루 종일 뒹굴면서 소주 두어 병을 마시며 짧은 일탈을 즐겼던 사건이다. 다음날 출근하여 하는 말이, 오토바이로 출근하다 회사 정문을 보니 마치 '지옥문'같이 보여서 정문 앞에서 핸들을 확 꺾어서 근처 유원지 방갈로로 도피했다고 이실직고하면서 그 친구는 많이 쑥스러워했다. 얼마나 스트레스가 심했으면 그랬겠냐며 상사도 오히려 위로해주고 행방불명 사건은 마무리되었다. 동료는 인간성 좋은 상사를 만난 덕분에 위기를 잘 넘겼다. 휴대폰도 없던 시절이라 그런 해프닝이 가능했다.

그도 '회사 정문이 지옥문 같았다'는 말에 공감했다. 자신도 불쑥

불쑥 그런 생각이 들 때가 있었으니까.

지나온 날들을 되새겨보았다. 학생 때는 시험과 학업 부담에 재미가 없을 때도 많았고, 군대 시절은 말도 안 되는 폭력적 군대 규율과 긴장 속에서 제대하는 날만 기다려야 하는 지루한 때도 많았다. 세월은 정직하게 흘러갔다. 학생시절도 잘 지나갔고, 군 생활도 사고 없이 잘 견뎠고, 길었던 조선소 직장생활도 정년까지 무난하게 졸업했다. 지나고 보니 고생이 아니라, 오히려 운이 좋았다는 생각이 들었다.

그는 정년 후에도 또 배 짓는 일을 계속해야만 했다. 시운時運이 맞아 찾아온 베트남, 중국 조선소 6년 근무도 무사히 마쳤다. 막연히 꾸었던 꿈인 야자수 아래에서 열대과일 실컷 먹으며, 베트남과 중국 조선소에서 일했다. 돈 벌며 해외여행까지 덤으로 한 셈이다. 해외 근무를 마치고 귀국하니 예순여섯이었다.

인생 2막을 준비하기 위해 숨을 고르던 그를 현대중공업에서 또다시 불렀다. 청춘을 불태웠던 그곳에서 정년퇴직한 그의 기술이 필요해 다시 부른 것이다. 또다시 2년간 2조원 첨단 해양구조물 프로젝트에 참여했다. 그는 스물네 살에 시작한 배 짓는 일을 예순여덟 살에 마쳤다. 45년간의 일에서 완전 졸업했다. 배우고 일하는 인생 1막, 울트라 마라톤을 부상 없이 완주했다. 플러스알파까지 더했다. 일해서 태울 수 있는 그의 에너지는 재도 남기지 않고 다 태웠다. 완전 연소했다.

이제, 아침에 눈뜨면 하루가 온전히 그의 것이다. 얽매인 것은 아무것도 없다. 매일 매일의 시간이 완전히 자유시간이다. 영화를 봐도, 산에 가도, 모터사이클 라이딩을 해도, 책을 읽어도, 글을 써도 된다. 하루 종일 전철을 공짜로 타고 다니며 근교 여행을 해도 된다. 아니 그것도 싫다면 아무것도 하지 않아도 된다.

그에게 평생 이럴 때가 과연 언제 있었던가? 일과 책임과 관계와 공부에서조차 완전히 책임이 면제된 특권적인 삶의 새로운 세계가 활짝 열렸다.

105세의 철학자 김형석 교수는 인생을 회고하면서, 인생의 황금기는 예순다섯 살부터 여든까지라고 했다. 책임과 의무에서 졸업했고, 세상에 대한 부채도 없고, 세상을 볼 수 있는 경험도 있고, 좋아하는 것을 할 수 있는 시간, 움직일 수 있는 건강, 약간의 돈까지 준비된 이 시절이 인생의 황금기라고 했다. 그의 속마음에 대철학자가 명쾌한 논리를 제시해준 것이다. 그렇다. 그는 지금 인생의 황금기다. 그러니 즐겁지 않을 수 없다.

"인생에 의미가 있습니까?" 제자가 스승에게 물었다. "인생이 꼭 의미가 있는 것은 아니다. 그러나 자기 인생에 의미를 부여하며 살면, 그것이 의미다." 스승이 대답했다. 책에서 읽은 이 문장이 그의 마음에도 들었다.

그는 인생에 스스로 의미를 느끼며 살자고 생각했다. 얽매임에서 벗어난 삶을 살 수 있는 지금을 마음껏 누리고 즐거워하자. 인생이 게임이라면 즐기는 자가 고수다. 못마땅한 것을 보면 눈을 질끈 감고 못본 체 하자. 다른 사람 인생에 간섭하지 말자. 멀쩡한 세상이 무너지기야 하겠냐. 있는 그대로를 받아들이고 인정하자. 용서하며 살자. 세상의 온갖 명언들을 되새겨보기도 한다. 일흔 살 이후의 삶은 감사와 즐거움으로만 채워도 된다. 무거운 것은 전부 벗어던지고, 가벼운 몸으로 홀가분하게 단순하게 살아보자. 이렇게 생각하니, 그는 오늘도 즐겁다.

김길자

『인간과문학』 수필 등단
(사)수필문학진흥회 이사
인간과문학작가회 회원
『The 수필 2025 빛나는 수필가 60』 선정
E-mail : kilc789@naver.com

청결결벽증

닥터 J

모차르트의 아다지오

청결결벽증

나는 결벽증이 심한 편이다. 특히 청결결벽증이 그렇다. 직장에 들어가고 몇 년 안 된 것 같은데, 그땐 결벽증이라고 생각지 못했다. 학교 다닐 때는 여느 사람과 다르지 않았다. 우연히 알게 된 청결결벽증은 평생 나를 따라다니며 주변 사람들까지 불편하게 했다.

당시 내가 다니던 직장은 퇴근이 다른 회사보다 빨라서 오후에 시간적 여유가 많았다. 그 시간을 활용하기 위해 마음에 맞는 동료와 미용학원에 등록했다. 강의가 끝난 어느 날, 동료와 함께 밖에 있는 화장실에 갔다. 항상 가던 화장실이었는데 그날은 화장실 문고리를 잡으면서 왠지 불결한 느낌이 들었다. 손이 앞으로 나가질 않았다. 갑자기 왜 그런 느낌이 들었는지 의아했다. 화장실 문 앞에서 머뭇거리자 함께 갔던 친구가 영문도 모른 채 문을 열어주고는 내가 들어가자 다시 문을 닫아줬다. 나만 유난스러운 걸까 싶어서 그때는 아무런 말을 하지 않았다. 시간이 한참 지난 후에 친구에게 그날 이야기를 해주었다. 그녀는 내가 깔끔해서일 거라며 대수롭지 않게 받아들였다. 그렇게 나를 이해해주는 친구가 고마웠다.

지금은 화장실이 실내에 있지만 1970,80년대엔 밖에 있는 곳이 많았다. 손을 씻을 수 있는 수돗가도 없었고 실내에 있는 화장실도 깨끗하지 않았다. 세면대는 비누를 비치해놓은 곳이 흔하지 않았다. 소독도 제대로 하지 않아 악취 때문에 불쾌감을 주었다. 외출할 때면 화장실 가는 일이 부담스러웠다. 그러다보니 여행 다닐 때가 가장 곤혹스러웠다. 고속도로 휴게소 화장실 사정은 더 형편없었다. 나뿐만 아니라 다른 사람들도 불평불만을 토로할 정도였다. 그로부터 여행을 기피했다.

유일하게 나의 결벽증을 알고 있는 친구가 선물로 받았다며 종이 테이프처럼 생긴 비누를 주었다. 그 비누는 외국 제품으로 한국에선 구할 수 없었다. 간편하게 휴대할 수 있는 비누라 나에겐 귀한 물건이었다. 친구는 나머지 비누도 아예 챙겨주었다. 그 후부턴 핸드백에 소지하고 사용할 수 있어서 살 것 같았다.

나의 삶 속에서 모든 것에 청결결벽증이 연결되어 더욱 중증으로 발전해나갔다. 덩달아 고달픔도 함께 가중되었다. 가장 불편했던 것은 돈을 만지면 곧 손을 비누로 씻어야 마음이 놓인다는 거였다. 모든 사람이 사용하는 지폐에 병균이 있다고 느껴지면 견딜 수 없이 괴로웠다. 손을 씻고 싶은데 마땅한 곳이 없으면 서둘러 집으로 갔다. 때로는 돈을 만지는 것이 부담스러워 돈이 싫어질 때도 있었다. 스스로도 이런 모든 행태가 병적이라는 생각이 들었다. 다행스럽게도 이 문제는 시대의 변천에 따라 신용카드가 생기면서 마음의 짐도 덜어졌다. 얼마나 기쁜지 나라 경제정책이 고마웠다.

하지만 한쪽이 편리하면 다른 한쪽이 불편한 법, 신용카드를 사용한 것은 좋았는데 가계부를 쓰면서 신용카드가 과소비를 부추긴다는 것을 알았다. 당장 현금을 쓰지 않게 되니 지금 없어도 되는 물품까지 사게 만들었다. 마음이 씁쓸했다.

청결결벽증 때문에 당혹스러웠던 적이 있다. 인감증명서를 발급받으러 주민센터에 갔다가 예기치 않은 상황과 맞닥뜨렸다. 지문을 찍으려고 하는데 잘 나오지 않았다. 담당 사무원 지시대로 대여섯 번 이상이나 시도한 끝에 겨우 끝낼 수 있었다. 지문이 잘 안 나온다니 무슨 일인가 싶었다. 바쁜 직원에게도 미안했고, 주위에도 눈치가 보였다. 세간에서 흔히 '지문이 없어지도록 혹독하게 일했다'라는 말을 익히 들어왔다. 살아오는 동안 손을 쓰는 힘든 일을 하지 않았는데 지문이 없어지고 있다니 황당했다.

문득 짚이는 일이 하나 있었다. 집에서 뿐만 아니라 외출 시에도 무엇을 만지고 나면 무조건 손부터 씻었다. 그래야 마음이 편안했으니까. 약한 피부가 회복되기 전에 알칼리성 비누로 수없이 씻다 보니 지문이 손상된 것이다. 나는 그동안 일을 혹독하게 한 것이 아니라 손을 혹독하게 씻었던 것이었다. 어느 잡지에선가 비누로 자주 손을 씻는 것이 피부를 상하게 하는 원인이라고 읽었던 것 같다. 핸드로션을 신경써 발랐다. 그러면서도 마음 편안하려고 습관은 바꾸지 않았다. 실로 우매한 처사였다. 지난 날을 돌이켜보니 나는 지금 무엇을 위해 살았나, 회의가 든다. 삶의 목표가 청결이었나 싶었다. 어느 순간 정신이 번쩍 들었다.

다른 사람들에게는 소소한 일이 왜 나에겐 이토록 신경이 쓰이는가? 시간 낭비를 했다는 생각과 함께 진정한 삶의 의미를 놓쳤다는 후회가 밀려왔다. 더 이상 이렇게 살고 싶지 않았다. 되도록 조급증에서 멀어지려 느슨하게 생활하다보니 손톱만큼의 작은 변화가 느껴졌다. 스스로 고칠 수 있는 희망도 보였다. 당장은 어렵겠지만 순차적으로 손 씻는 횟수부터 줄여보았다. 모든 일은 마음먹는 것에서부터 시작되었다.

닥터 J

S종합병원에서 암 판정을 받았다. 외과의 닥터 J는 초기 암이라 수술하면 문제가 없을 거라며 불안해하는 나를 진정시켰다. 2주 후에 예정대로 수술을 받았다. 주치의는 전이될 염려 없으니 5년간 스케줄대로 정밀검사를 받고 처방된 약을 먹으라고 했다.

우려했던 항암과 방사선 치료를 받지 않아도 된다 하니 나도 모르는 사이에 '아! 살았다' 하는 안도의 탄식이 터져나왔다. 꾸준히 관리하면 5년 후부터 안정권에 들게 되고, 그때부터는 일 년에 한번씩 정밀검사를 받으면 된다고 했다. 나는 운이 좋은 편이었다. 당시는 남편의 중증 사고로 나까지 치료받을 환경이 허락되지 않았다. 항암 치료를 받을 만한 체력 또한 되지 못했다. 그저 감사할 뿐이었다.

1990년대엔 외래진료 때 예약을 한다 해도 위급환자가 발생하면 속수무책으로 기다려야만 했다. 하염없이 기다리다가 의사 선생님과 면담하는 시간은 그때나 지금이나 5분도 안 걸렸다. 그런 분위기에서도 닥터 J만은 환자에게 진료시간을 충분히 주었다. 언젠가 나는 마지막 순서로 예약이 되어 있었다. 모든 환자에게 시간을 조금씩 더 주다보니 내 차례가 됐을 땐 어둑했다. 장시간 진료에 전념하느라 피곤도 하련만 그는 언제나처럼 친절하게 나를 맞이했다. 근래 보기 드문 의사 선생님이었다.

그는 1년에 봄과 가을 두 차례 미국이나 유럽에서 개최하는 의학 세미나에 꼭 참석했다. 병원에서 경비를 지원하지 않을 때라도 환자를 위한 최첨단 의학정보를 위해 자비自費를 들여서라도 간다고 들었다. 외래진료와 수술, 강의 등으로 그의 일상은 늘 바쁨의 연속이었다.

오랜 시간을 외래에 다니다보니 환자와 병을 치료해주는 의사 선생님과의 관계라기보다는 나의 멘토로 교분을 나누게 되었다. 남편의 사고라든가, 삶 속에서 힘든 일이 생겼을 때마다 그에게 상담하면서 도움을 받았다. 권위의식 없는 그의 현대적인 사고방식 때문인지 소통이 잘 이루어졌다. 취미나 세상을 보는 시각도 비슷했던 것 같았다.

어느 날 외래진료를 받을 때였다. 그는 책 한 권을 나에게 선물했다. 일본 여류작가인 소노 아이꼬와 신부님과의 서간집인『헤어지는 날까지』라는 책이었다. 책 내용이 가슴에 와 닿아서 새까매질 정도로 마지막 페이지까지 따뜻한 가슴으로 읽었다. 그 이후로 좋은 책이라 생각되면 비서를 통해 우편으로 우리 집에 보냈다. 그는 바쁜 일상 중에서도 책을 많이 읽는 의사였다. 내 책장에는 그가 보낸 수십 권의 책이 꽂혀 있다. 시집, 수필집, 명상집, 자기계발을 위한 책, 법정 스님 신간 등 좋다는 책은 거의 그가 보낸 것들이다. 읽다 보니 정서적으로나 지식적으로나 폭이 넓어지면서 덩달아 삶이 고양되는 것 같았다. 직장 다니면서도 퇴근 후 남편을 돌보면서도, 병원 외래에서 약 처방을 받기 위해 기다리는 동안에도 책은 나에게 활력소가 되었다.

클래식 음악을 좋아하는 닥터 J 진료실에는 언제나 잔잔한 음악이 흘렀다. 그가 들려주는 음악을 들을 때면 마음이 편안했다. 진료받으러 갈 때 그가 듣고 싶어하는 클래식 CD를 가지고 가면 당장 그것으로 바꾸어 음악을 틀어주었다.

언젠가 그와 나눴던 대화가 기억난다. 사회 어느 곳을 가나 똑같듯 병원에서도 예외는 아닌 듯했다. 빨리 출세하기 위해 시간을 단축하려고 편한 길을 택하는 사람들이 늘고 있다고 그는 불편해했다. 비록 힘들고 고통이 뒤따르는 외로운 싸움이라 해도 그는 정의로운 길을 가고 있다는 신념을 보여주었다. 이야기를 듣는 동안 닥터 J야말로 진정한 휴머니스트라는 생각이 들었다. 또한 '히포크라테스 선서'를 준수하는 의사 선생님이었다.

그는 수술 후 신체의 일부를 떼어낸 상실감으로 우울증을 겪는 암 환우들을 보면서 괴로워했다. 그들을 어떻게 도울 수 있을까 하고 오랜 시간 고심하다가 수술 환자를 위한 K유회라는 모임을 만들었다. 퇴원 후에 환우들이 체험한 정보를 공유하면서 치료하는 데 도움을 받으라는 취지였다. 여러 가지 유익한 정보를 받도록 다양한 프로그램도 제공했다. 저명한 의사 선생님을 초빙하여 강연을 통해 필요한 의학정보와 웃음치료를 겸했다. 나는 남편 사후, 정서적으로 안정이 되었을 시기에 이 모임에 합류했다. 요즈음도 한 달에 한번 자연 풍경이 아름다운 양재천 둘레길을 걷는다.

일 년 전 어느 날 그의 인터뷰 기사를 읽었다. 이제는 K종합병원 암병동 원장으로 재직 중인 그의 "환자가 병원 방침에 따르는 시스템보다는 환자 위주의 맞춤형으로 병원 시스템이 만들어져야 한다"라는 인터뷰 내용이었다. 환자를 우선시하는 그의 진심이 그대로 느껴졌다.

초심을 지키며 아픈 사람을 의술과 인술로 치료해주는 그와의 교류는 나의 삶을 조금 더 밝은 쪽으로 이끌어주었다.

모차르트의 아다지오

그날 밤은 늦게까지 잠이 오지 않았다. 유튜브에서 음악을 찾아 들었다. 작곡가가 누구인지도 모르는 피아노 협주곡 하나가 마음을 온통 사로잡았다. 감미롭고 애잔하며 아름다운 멜로디가 슈베르트나 쇼팽이라 해도 이상하지 않았다. 찾아보니 모차르트의 〈피아노 협주곡 23번 2악장, 아다지오〉였다. 지금까지 들어왔던 밝고 경쾌한 모차르트의 음악과는 다른 정서였다. 잠시 아연했다. 모차르트에게도 이처럼 애절한 감성을 일으키게 하는 작품이 있었나 싶어 더 호기심이 생겼다.

아다지오에 매료되어 듣고 또 듣다보니 어느덧 창문이 희미하게 밝아왔다. 얼마나 음악에 빠졌는지 날밤을 새웠다. 한 곡에 매료되어 밤을 새운 적은 난생처음이라 스스로도 놀랐다. 반복적인 전개 형식으로 흘러나오는 피아노와 오케스트라의 음률이 주위를 따뜻하게 감쌌다. 마음이 곧 평온해졌다. 어떠한 말로도 그 정제된 아름다움과 애달픔을 표현할 길이 없었다. 어느 누가 들어도 빠져들지 않을 수 없다고 느꼈다. 뜬눈으로 밤을 새웠지만 피로감이 전혀 느껴지지 않았다. 한동안 원인 모를 피로에 힘들었는데. 음악 속에서 힐링하고 있었다.

여러 작곡가의 아다지오가 있었고, 많은 피아니스트가 아다지오를 연주했다. 그중에서 피아노 거장 호로비츠 연주가 가장 인상 깊었다. 세월의 흔적이 묻은 연주가의 지난 인생을 느끼게 했다. 연주하는 동안 그의 눈에는 눈물이 고였다. 피아노곡 속에 83세인 그의 희로애락이 묻어났다. 프랑스 태생의 유명한 엘렌 그리모는 범상치 않은 미모로, 고개를 푹 숙이고 명상하듯이 피아노 건반 한 음 한 음을 온 마음을 다하여 터치했다. 영혼이 실려 있는 듯한 그녀의 연주를 듣는 동안 감동했고 또 숙연해졌다.

잔잔하게 울려 퍼지는 애절한 피아노 선율에 이어 오케스트라가 은은하고 따뜻하게 화답해주었다. 모차르트가 오케스트라 연주에 팀파니와 트럼펫을 빼고, 부드럽고 무거운 클라리넷과 오보에를 대신 넣도록 지시했다고 들었다. 실제로 들어도 오케스트라 연주에서는 클라리넷과 오보에의 부드러움이 더욱 친근하게 느껴졌다. 마치 '괜찮아, 괜찮아' 하며 어깨를 토닥토닥 어루만져주는 듯했다. 주제를 이끌어나가는 피아노가 나를 위무해주었다. 안온한 기분이 들었다.

연주는 끝났지만 여운은 길었다. 음악이 사람의 마음을 위로해준다는 걸 다시 느꼈다. 누가 들어도 또 듣고 싶어지는 매력적인 곡. 다른 작곡가들의 아다지오를 많이 들었지만 내가 가장 빠져 있는 곡은 단연코 모차르트의 아다지오였다.

이 곡은 모차르트가 30세 때 2년간이나 걸쳐 심혈을 기울인 역작이라고 한다. 문득, 스탈린이 클래식 음악을 좋아했다는 기억이 떠올랐다. 그가 죽던 날 마지막 들었던 음악이 모차르트의 아다지오라는 설도 있었으나, 사실은 누군가 꾸민 이야기로 밝혀졌다. 잔혹한 독재자 스탈린이 좋아하는 클래식 음악으로도 그의 인성을 바꾸게 하지 못했다는 것이 가슴을 씁쓸하게 했다. 히틀러도 클래식음악 애호가인 줄 알고 흥미로웠는데, 순수하게 음악을 좋아한 것이 아닌 정략적으로 이용했다는 사실에 적잖이 실망스러웠다.

며칠 후 지인과 공유하고 싶어 내가 봤던 동영상을 전송했다. 그도 참 애틋하고 아름다운 곡이라며 좋아했다. 다른 사람들과도 공유하고 싶었지만 개인의 취향을 생각하여 그만두었다. 개인의 감성과 취향이 다르니 분명 느끼는 차이가 있을 터였다. 그녀가 다른 장르의 음악을 좋아할 수도 있다는 생각이 들었다. 누구와 공유할 수 없다는 것이 끝내 갈증으로 남아 있게 되었다.

작곡한 지 200여 년도 넘은 음악을, 지금에도 들을 수 있다는 건 굉장한 행운이다. 기한 없는 나의 클래식 사랑이 흐뭇하다.

김삼진

서울 출생
『한국산문』 평론 등단
저서 『나는 늙지 않는다』
(사)한국수필문학진흥회 이사
한국산문문학상 수상
E-mail : ks12130130@hanmail.net

낭만각서와 출사표
30년 만에 만나는 나
장가타령

낭만각서와 출사표

문서를 찾다가 옛날 수첩을 발견했다. 일 년치 일정을 기록할 수 있는 다이어리와 뒤에는 전화번호를 메모하는 손바닥만 한 수첩이다. 비닐 커버도 없어진, 1971년 제대하던 해에 사용했던 것이다. 해가 바뀔 때마다 새 것을 사서는 주소록을 옮겨 쓰고 헌 것은 버리곤 했는데 유일하게 이 수첩만 남아 있다.

책상을 정리할 때면 쓰레기통에 들어갔다가도 다시 꺼내 서랍에 보관했다. 한 많은 군대를 제대하던 때의 흔적이 실감나게 남아 있어서다. 하루하루가 어떤 간절함으로 기록된 나날이었다. 일 년, 아니면 이삼 년에 한번씩 이 수첩을 읽다보면 한 시간은 잠깐 지나간다. 제대를 한 달 앞둔 나의 행적을 다시 뒤져보는 재미에 빠져버린다. 그중 '각서'는 백미 중에 백미다. 수첩을 볼 때마다 내가 작가가 되려고 이랬나 싶을 정도이다. 보고 또 봐도 내 얼굴에는 웃음주름이 깊게 접힌다.

'각서 (…), 위 본인은 앞으로는 꽃밭에서 잠을 자지 않겠다. 1971
년 8월 28일'

제대를 두 달쯤 앞둔 시점부터는 하루를 세 칸으로 나누어 그려
놓고 한 끼를 먹을 때마다 한 칸씩을 까맣게 칠해 나갔다. 얼마나
제대하기를 손꼽아 기다렸으면 이랬을까. 저녁에는 거의 매일 제대
시점이 비슷한 고참들끼리 '일일결산'이라고 이름붙인 술자리를 갖
고 테이프가 끊어질 때까지 마셨다. 어느 날 밤일 것이다. 누군가가
"김 병장님, 김 병장님!" 하며 흔들어 깨웠다. 일어나보니 사위가 캄
캄하고 별마저 떠 있었다. 등이 배겼다. 온몸이 뻐근했다. 정신을
가다듬고 보니 내가 잠들어 있는 곳은 막사 뒤 꽃밭이었다. 통신과
부하들이 일석점호를 받다가 결원을 질책하는 주번사관의 명령으
로 나를 찾으러 나왔다가 꽃밭에서 잠들어 있는 걸 발견한 것이다.
그들은 안도의 숨을 내쉬며 나를 내무반으로 부축해갔다. 김 소위
는 며칠 후 제대하는 나를 어쩌지는 못했다. 다만 "쟤들이 발견 못
했으면 탈영으로 처리될 뻔했다"며 혀를 끌끌 찼다. 각서는 그날 저
녁 자리에 누워 수첩을 꺼내 술기운에 끼적거린 것이다. 나 때문에
기합을 받은 졸병들에게 미안해서 내가 나에게 쓴 각서였다. 그런
데 생각해보니 참 낭만적이다. 술을 마시지 않겠다거나, 일석점호
에는 꼭 참석을 하겠다는 내용이 아닌, '꽃밭에서 자지 않겠다'라
니…. 이것이 아마 생애 처음으로 써본 각서가 아닌가 한다.

57

한 달 전쯤부터 새로운 일을 시작했다. 인터넷을 통해 대만에서 발간된『한 떨기의 야생국화, 도연명一朵孤芳的野菊花 陶淵明』이라는 도연명의 위인전을 번역하는 일이다. 도연명에 매료되어 도연명의 작품은 물론, 국내에서 발간된 도연명 관련 모든 서적과 논문 등이 내 손이 닿는 세 칸짜리 책장에 꽂혀 서가를 채우고 있다.

제대 후 복학해서『고문진보』에서 발견한「음주飲酒」라는 시로 알게 된 도연명. 멋도 모르면서 그저 '술을 참 운치 있게 마시는 사람' 정도로 생각했을 뿐이다. 졸업 후 치열한 직장생활을 하면서 도연명에 대한 관심은 꽤 오랜 기간 소강상태에 빠졌지만 오언절구五言 絶句의 50자짜리「음주」는 내가 중국문학을 했던 사람이라는 증명서처럼 가슴 안에 새겨져 있었다.

예순을 넘긴 늦은 나이에 어쩌다가 수필로 등단하면서 문학 언저리에서 어슬렁거리고 있을 때, 내 마음 한 구석에 은거하고 있던 도연명이 서서히 고개를 들었다. 알면 알수록 매력적인 인물이었다. 언제부터인지 기억나지는 않지만 이 매력적인 사람으로 소설을 쓰고 싶다는 생각을 어렴풋이 하게 된 것 같다. 생몰을 포함한 그의 삶이 요연하게 다루어진 책은 없었다. 그도 그럴 것이 1,600여 년 전에 변변한 관직도 없이 은거하던 무명 시인의 일생이 온전하게 기록되어 있을 리 없기 때문이다. 내가 그동안 수집해온 대부분의 책도 작가론이나 작품론 정도이다. 하기야 생몰 자체만도 대여섯 개의 학설이 분분할 정도니 소설적 구성을 위한 기초적인 자료가 있을 리 없다. 그래서 짬이 날 때면 '아마존' 같은 큰 포털까지 뒤졌다. 그래서 찾아낸 책이 대만에서 발간된 예의 『한 떨기의 야생국화, 도연명』이었다. 번역을 시작한 지 두 달이 다 되어간다. 이제 삼분의 일쯤 했나보다.

이런 즉흥적인 작업이 이제 일흔 중반을 앞둔 노령에 무리라거나 나의 중국어 실력으로는 어렵다는 것을 모르는 바 아니지만 그 일을 굳이 하고 싶은 것을 어쩌란 말인가. 두 달이 넘도록 되지 않는 번역에 매달려 있다보니 문우 H가 잔소리를 시작했다. 최근에 수필을 쓰지 않는 이유를 알게 된 H는 독립운동이라도 하는 양 침을 튀며 자랑하는 나를 한심스럽다는 듯이 바라보았다. H는 내가 그동안 하다가 만 여러 가지 일들을 나만큼이나 잘 알고 있다. 때문에 이 작업에 대해 부정적인 건 당연할 수 있다. 번역이라는 것이 아무나 하는 것이 아니며 설사 출간이 된다 해도 누가 볼 것이냐는 우려일 것이다. 수필을 열심히 쓸 일이지 그 어려운 번역은 무엇이며, 소설은 왜 시작하느냐는 질책으로 들린다. 그런 H의 충정어린 충고를 이해 못하는 바 아니지만 '생전에 뭔가 뜻이 있는 업적을 남기고 싶다'는 나의 의지는 그동안 도중에 그만둔 그 많은 일들이 떠오름에도 도무지 꺾이지 않는다.

절대로 도중하차하지 않겠다고 각서라도 써야 하나? 이 또한 웃기는 일 아닌가. 내가 하고 싶은 일을 하겠다는 것인데 무슨 각서란 말인가. 기실 '각서'라는 단어에는 구속감이 느껴진다. 자의가 아닌

타의에 의해 강제되는 그 무엇이기 때문이다. 살아오면서 한두 번 써본 경험도 있고 남의 각서를 받아본 경험도 여러 번 있었지만 둘 다 그리 유쾌한 일은 아니었다. 물론 과거에 몇 번 썼던 각서는 거의 다 지켰던 것으로 기억한다. 제대 직전에 썼다는 그 각서도 마찬가지이다. 그 후로 50년 동안 나는 단 한번도 꽃밭에서 술에 취해 잔 기억이 없다.

그러나 제 발목을 잡는 일이 될지언정 이것을 써야만 한다는 부담은 스스로의 징표로서 남기고 싶다. 이 일에 이토록 집착하는 이유를 굳이 말하자면 70 평생을 치열하게 살지 않아서 성공적이지 못했던 인생에 대한 반성이라고 말해두련다. 기왕이면 내가 좋아하는 도연명에 대하여, 그의 때 묻지 않은 인생과 철학을 여러 사람들에게 알리고 싶은 것이다. 바로 이 글이 그 징표이고 굳이 이름을 붙이자면 출사표겠다.

지금의 이 의지가 도중에 꺾이는 일이 없기를 바랄 뿐이다. 도연명이 403년, 그의 나이 52세 때 지은 「계묘세시춘회고전사이수癸卯歲始春懷古田舍二首」라는 시에서 "비록 한 해 수확 헤아리지 않았지만, 일을 함에 즐거움이 많았다네雖未量歲功, 卽事多所欣"라고 읊은 바 있다. 마음먹었던 일을 완성하지 못했을지라도 그 일에 매달렸던 것에 만족한다는 그럴듯해 보이는 시구지만 이 구절로 변명하는 일이 되어서는 안 될 일이다.

다만 5년 후가 될지 7년 후가 될지 모르지만 먼 훗날 「낭만각서와 출사표」를 읽은 독자가 '소설 도연명'을 기억해내고 도서 정보를 검색했을 때 '김삼진 지음, 『소설 도연명』'이 뜨기를 바란다. 나의 출사표는 이 정도로 좋지 않은가.

30년 만에 만나는 나

무슨 뚱딴지같은 얘기인지 이해가 가지 않았지만 있는 게 시간밖에 없고, 거마비조로 몇 푼이나마 주는 눈치여서 덜컥 약속을 해버렸다. 자신을 Z방송의 인기프로 〈30년 만에 만나는 나〉의 PD라고 소개한 그는 30년 전의 내가 출연을 신청했다는 것이다. 그리고 그가 만나고 싶어하는 사람은 과거의 자신이 아니고 미래의 자신이라고 했다. 당연히 미래의 자신은 생존해 있어야 하고 그가 출연에 동의해야 콘티를 짜고 작가를 투입하여 제작에 들어갈 것이라며 내게 출연할 의사가 있는지를 물었다. 출연하겠다고 한 내게 그는 당부했다. 방영 당일까지는 어느 누구에게도 프로에 섭외된 사실을 이야기하면 안 된다고.

덜컥 출연을 수락했지만 괜한 짓을 하는 게 아닌가 걱정이 되었다. 30년 전이라면 내 나이 마흔네 살 때다. 그때라면 내가 영업본부장을 할 때다. 가장 바쁘게 지냈던 시기였지만 내 생에 있어서 가장 전성기였는데…. 초라해진 내 모습을 보고 실망할 텐데. 그러나 나 역시 그 프로를 방영된 이래 단 한번도 빼먹지 않고 보아온 터여서 나의 이야기가 어떻게 전개되며 포장될지 궁금했다.

약속 당일 방송국에 도착하여 데스크에서 방문 목적을 이야기하니까 얼마 후 사람이 내려왔다. 그는 명함을 주면서 자신이 연락했던 담당 PD라며 어떤 방으로 안내했다. 방문에는 요즘 인기 프로의 타이틀, 〈30년 만에 만나는 나〉가 붙어 있었다. 나는 의심을 가득 담은 목소리로 다시 물었다. "이게 도대체 될 법이나 한 얘깁니까?" 그는 빙긋이 웃으며 말했다. "요즘 세상에 안 되는 일이 어딨습니까? 들어가세요. 먼저 와서 기다리고 있습니다. 그리고 이 프로는 제작 관계자가 참석해서 진행하지 않습니다. 두 분이 시간에 구애받지 말고 이야기하세요. 취사시설이 되어 있으니 이야기하시다가 배고프면 요리도 해서 드시고 술을 드셔도 됩니다. 며칠이고 숙박을 하셔도 좋습니다. 끝나면 알아서 가시면 되구요. 두 달쯤 후에 방영하게 됩니다. 연락이 갈 겁니다."

내가 들어서자 그가 벌떡 일어나 내게로 왔다. 짐작했던 대로 그는 정장 차림이었고 세련되어 보였다. 나의 큰놈이 제대로 차려 있으면 저런 모습일 것이라고 생각했다. 나는 과거 잘나갔던 내 모습에 조금 주눅이 들었다. 그, 아니 젊은 나 역시 아주 짧은 시간 늙은 나의 행색을 잠깐 훑어보는 듯했으나 실망스러움을 내색하지는 않았다. 나는 두 손을 들어 그를 반기며 무어라 불러야 할지, 무슨 이야기로 풀어나가야 할지를 잠깐 고민했다. 그러나 곧 "30년 만이군. 삼진이, 아주 좋아보이는데!" 그는 말문이 막힌 듯이 보였는데 나를 어떻게 불러야 할지 난감해서 그럴 것이라고 생각했다. 그것은 늙은 내가 풀어주어야 할 문제였다. "편하게 불러. 내가 자네고, 자네가 나인데 뭘 망설이나. 그냥 말을 놓아." 그가 웃었다. "듣고 보니 그렇군. 하하하. 내가 삼십 년 후엔 자네처럼 되는 거군. 다행이네. 자네가 건강해보여서. 이 프로는 내가 작년에 출연 신청을 했는데 일 년이 다 되어 차례가 돌아온 거야. 프로가 대박을 쳤어. 요즘은 신청하면 2년 걸린다던가?" "젊어서 좋군. 나는 관심은 있었지만 엄두를 못내겠더라구. 근데 뭐가 궁금해서 신청을 한 거야? 늙은 모습이 미리 보고 싶었어?" 그는 긍정도 부정도 않고 웃기만 했고 뭔가 하고 싶은 말이 있는 것 같았다.

우린 누가 먼저랄 것도 없이 냉장고에서 소주를 꺼내 술상을 차렸다. 그는 내게 술을 따랐다. 나도 그에게 술잔을 채웠다.

그는 마흔넷일 것이고 마흔넷이면 영업본부장을 하고 있을 터이다. 부장이라면 직장인의 꽃이라고들 하지만 그는 행복해 보이지 않았다. 아래에서 치받고 위에서는 찍어 누를 것이다. 내가 그랬으니까. 동종업계의 스카우트 제의에 흔들리고 있을 것이라고 짐작했는데 맞았다. 누구라도 흔들릴 것이었다. 우리의 이야기는 세 시간을 넘겼다. 탁자에는 네 병의 빈 소주병이 뒹굴었다. 내가 한 잔 마실 때 그는 두 잔을 비웠는데 그렇게 빨리 마신다는 것은 그의 불안정한 심리를 반영하는 것이었다.

그러나 우리의 이야기가 길어지고 특히 그의 현재 상사며 부하에 대한 조언이 나오면 그는 귀를 기울여 들었고 고개를 끄덕이는 횟수가 잦았다. 그는 일 년에 한번이라도 이렇게 만날 수 있으면 얼마나 좋겠냐며 아쉬워했다. 나는 헤어지기 전에 몇 가지를 이야기해 주었다. 인기를 의식하지 말고 냉담할 것. 회사를 옮기는 것은 또 다른 고민의 시작일 뿐이니 웬만하면 회사를 옮기지 말 것. 회사일과는 관계없이 계획적 독서를 해서 인문적 사고를 넓힐 것.

그는 고개를 끄덕였다. 취안으로 나를 멀건이 바라보며 "부럽다"고 말하며 씨익 웃었다. 나도 웃었다. 그는 내 말을 듣지 않을 것이다. 나도 그랬으니까. 우리는 길게 포옹했다. 엄지를 쳐들며 작은 소리로 "굿럭!" 하고 축원해주었다. 그의 뒷모습이 사라질 때까지 바라보았다.

장가타령

"얘, 성진인 장가 갔니?"

밥상을 차리는 나를 물끄러미 바라보던 아버지가 물었다. 성진은 나의 큰형이다.

"그럼요."

아버지의 눈이 똥그래졌다. 믿기지 않는 듯 옆자리의 어머니를 쳐다보았다.

"걔가 애가 셋이우. 그중에 둘이 결혼해서 손자가 지금 넷인데 장 가갔냐고 묻다니."

어머니는 어이없다는 듯 혀를 찼고 눈이 더욱 커진 아버지는 이 번엔 작은형인 승진이는 장가를 갔느냐고 물었다.

며칠째 아버지의 관심은 '장가'다. 그제 아침 어머니와 티격태격 했던 것도 아버지가 쉴 새 없이 장가를 보내달라고 졸라댔기 때문 이다. 요즘 아버지에게 당신의 아내는 어머니가 되어 있다. 참다못한 어머니의 언성이 높아졌다. 70년을 나를 데리고 살아놓고 어느 년하고 눈이 맞았냐며 버럭 소리를 지른 것이다. 아버지는 뜨끔했는지 입을 꾹 다물었다. 나는 실실 웃음이 나왔다. 아버지의 표정이 시무룩했다. 산책이라도 나가 분위기를 바꾸어봐야겠다는 생각에 서둘러 하던 일을 마쳤다.

꽃을 유난히 좋아하는 어머니는 꽃만 보면 그 앞에서 떠날 줄 모른다. 그러면서 꽃 이름이 뭐냐며 그제도 묻고 어제도 물은 것을 또 물어본다. 그때마다 나는 처음인 듯 설명에 친절을 입히곤 한다. 어쨌든 예상대로 분위기는 밝아졌다. 지팡이를 짚은 두 분이 주거니 받거니 대화를 나누며 걷는 모습은 '아름다운 해로偕老'의 전형이다.

오가는 사람들이 인사를 하면 나는 짐짓 어머니의 옷매무새를 고쳐드린다거나 아버지를 부축해드리며 이분들의 아들이라는 것을 은근히 암시한다. 사이좋고 건재하신 두 분이 자랑스러운 것이다. 이제는 조금만 걸어도 숨이 찬 두 분을 근처의 벤치에 모신 후 나는 어머니가 좋아하는 꽃을 카메라에 담고 있었다. 잠시 후 어머니의 대갈일성이 터졌다. 화들짝 놀라 벤치 쪽으로 뛰어갔다. 어머니는 아버지를 노려봤고 아버지는 황당한 표정을 짓고 있었다.

"나를 70년을 데리고 살던 사람이 무슨 장가를 또 가요! 도대체 어디다 계집을 감춰놓은 거예요!"

벤치에 앉아 무슨 이야기를 서렇게 주고받나 했더니 아직 장가 이야기에서 벗어나지 못하고 있었던 것이다.

오늘도 아버지는 장가타령으로 아침을 열었다. 안방에서는 "성진이는 장가 갔느냐"는 아버지의 질문과 "벌써 갔다"는 어머니의 대답이 지치지도 않고 반복되고 있었다. 그러더니 아버지는 밥상을 차리고 있는 내게 와 질문 공세를 편 것이다. 어머니의 시큰둥한 반응이 성에 차지 않았을 터였다.

큰형 다음엔 으레 작은형일 터여서 작은형 딸이 아기를 안고 있는 사진을 스마트폰에 준비해놓고 있었다. 그것을 아버지에게 불쑥 내밀며 이 사람이 누구냐고 물었다. 아버지는 고개를 갸우뚱할 뿐 대답을 하지 못했다.

"수영이잖아요, 수영이. 수영이가 누구예요?"

"아! 수영이."

내 기세에 밀려 대답하긴 했지만 확신이 서지 않는 눈치였다. 수영인 둘째형 딸이고 이 애기는 다섯 달 전에 수영이가 낳았다고 말씀드렸다. 아버지는 놀란 표정이었다. 아니 혼란스러운 표정이었다. 둘째형이 장가를 갔기에 딸이 있고 그래서 그 딸이 또 아기를 낳은 거 아니냐고 설명을 드리고는 아버지를 식탁에 앉힌 후 손에 숟가락을 쥐어드렸다.

"그렇군."

아버지가 숟가락을 받아들며 알아들은 척했다. 아버지는 정말 이해를 한 것일까?

"너는 장가 갔니?"

●

68

아니나 다를까, 아버지의 질문은 내게로 넘어왔다. 나는 말없이 일어나 뒷벽에 걸린 달력을 한 장 넘겼다. 어머니도 아버지를 따라 나의 행동을 주시했다. 10월 달력을 젖히자 '태완 결혼'이라고 메모가 되어 있었다. 11일 칸을 짚으며 이날 내 아들 태완이가 결혼한다고 말했다. 아버지는 대단히 놀란 표정을 지었다. 아버지보다는 치매 상태가 좀 낫다는 어머니도 처음 듣는다는 표정이었다.

"오, 태완이가 결혼하는구나!"

몇 숟갈째 아버지는 반찬은 거들떠보지도 않고 국물만 떠드셨다. 그러면서 골똘히 생각에 잠겨 있었다. 보다 못해 장조림을 집어 아버지 숟가락에 올려놓았다. 그것을 아는지 모르는지 아버지는 옆자리에 앉은 어머니를 슬쩍 돌아보았다.

"어머니."

억눌린 목소리였다. 아버지의 부인 신봉희 여사는 하루에도 열두 번씩 아내에서 어머니로, 어머니에서 아내로 뒤바뀐다. 아버지의 기억의 시대적 배경이 언제냐에 따라 어머니의 배역은 달라진다. 어머니가 마지못해 아버지 쪽으로 고개를 틀기는 했지만 표정은 여전히 곱지가 않았다.

"왜요, 또!"

어머니의 목소리가 차갑고 짧게 끊어졌다. 아버지는 어머니의 눈치를 잠시 살피더니 오랫동안 주머니 속에 숨겨둔 무언가를 꺼내놓듯 머뭇거리며 말했다.

"어머니, 저만 못 갔어요. 저도 장가 좀 보내주세요."

아들들도 다 장가를 갔고 아들의 자식들도 다 짝을 찾아 결혼식을 올리는데 정작 당신만 혼자이다. 그런데도 어머니는 아무런 조치도 취해주지 않는다. 야속하다.

얼른 아버지의 표정을 살펴보았다. 금방이라도 울음보가 터질 듯했다. 나는 헛기침을 하며 슬며시 일어나 가스레인지에 국냄비를 올렸다. 내일은 잠시라도 아버지의 기억이 온전히 돌아와 평안해질 수 있을까. 국이 자글자글 끓었다. 나는 아버지의 식은 국그릇에 뜨거운 국물을 가득 채워드렸다.

●

나선자

『인간과문학』수필 등단
저서 『마음의 온도가 궁금해』
(사)한국문인협회, 한국시낭송치유협회, 인간과문학작가회 회원
E-mail : nabyeoulna@naver.com

나비와 나
아름다운 사제동행
의자

나비와 나

빈 찻잔을 바라본다. 아직 온기가 남아 있는 찻잔은 입술 자국이 묻은 채로 식탁 위에 놓여 있다. 잔 속으로 추억이 내려앉는다. 너를 볼 수 없는 시간, 너를 기다려야 하는 시간이 너무나 공허하고 아득하다. 이런 기다림조차 나에게는 사랑의 방식이란 걸 안다.

이 찻잔은 미국에 살고 있는 딸이 어느 해 생일 선물로 보내준 것이다. 내가 나비를 좋아하는 걸 딸은 기억하고 있었다. 손잡이가 나비 모양을 한 각기 다른 색인데, 한 세트씩 짝을 이룬 찻잔은 기분에 따라 선택할 수 있어서 용이하다. 분홍색, 하늘색, 연두색으로 바탕색은 꽃무늬를 입힌 흰색이다. 버들잎인지 벤자민잎인지 위에서부터 줄기가 중간쯤 늘어졌다. 늘어진 이파리에 무당벌레 한 마리 앙증맞게 매달린 것이 특징이다. 딸에게 하듯 무당벌레를 쓰다듬는다. 그리움에 마음이 젖지만, 우리는 얼마간 이처럼 그리워하며 지내야 한다.

그동안 딸이 선물로 보내준 생활용품들이 장식장 안에 하나둘 늘어갔다. 저마다 나비가 장식돼 있다. 보석함, 브로치, 반지, 목걸이, 거울, 책갈피, 지갑 등 다양한 나비 문양들이 볼수록 마음을 흐뭇하게 한다. 어쩌다가 내가 나비를 좋아한다는 소문이 나는 바람에 친지들도 나비와 관련된 물품을 보면 구입해 선물로 보내준다. 덕분에 나는 나비용품 수집가가 되었다. 여행할 때나 쇼핑할 때 나비가 있는 소품을 만나면 망설이지 않고 사게 되는 건 오래된 습관이다.

바다가 보이는 전망대 카페에서 차를 마신다. 그 집 찻잔에도 예쁜 나비가 앉아 있다. 나는 나비를 보며 활짝 꽃처럼 웃는다. 공간의 분위기와 차향은 마음까지 편하게 해준다. 잔을 드니 받침에도 꽃과 나비가 새겨졌다. 나는 순간, 나비가 되고 싶다는 생각을 했다. 함께 앉은 사람들이 나비와 나를 번갈아 바라본다.

TV 노래 프로그램 배경화면에 나비가 날아올랐다. 마음이 절로 설렜다. 나비가 되어 그리운 사람에게 날아가고 싶었다.

한번은 제자가 자기 집에 나를 초대했다. 거실에 장식해놓은 '나비 액자'가 먼저 눈에 들어왔다. 하나가 아닌 여러 개로, 제자는 인테리어를 나비 소품으로 채워놓았다. 하나같이 작품이 새롭고 뛰어나서 주인의 감각이 엿보였다. 감탄하는 나에게 "선생님이 나비를 좋아하셔서 저도 나비를 좋아하게 되었어요"라며 고백했다. 식사를 하고 집을 나서는데 제자는 나비 액자 두 개를 선물로 안겨주었다.

고마운 마음으로 받기는 했는데, 겉으로는 고마움을 표현하지 못했다. 집으로 돌아오는 발걸음이 나비가 날듯 즐거웠다.

"꽃이 나비를 기다리고, 나비가 꽃을 찾아가는 것은 자연의 이치인데…" 하는 생각이 발길 따라 내내 쫓아왔다. 나는 왜 나비가 좋은 걸까. 또 나는 왜 〈나는 나비〉라는 노래를 좋아할까. "날개를 활짝 펴고 세상을 자유롭게 날 거야"라는 노랫말처럼 현실이 녹록지 않아서인가? 외롭거나 쓸쓸할 때는 나비와 관련된 노래를 부르거나 들으면 얼마쯤 위안이 되었다.

문득 '나비'의 두 음절이 들어가는 문장을 생각해보았다. '나는 준비하는 사람이다.' 준비성이 부족한 나에게 어울린다는 생각이 들었다. 나는 새로운 일에 도전하기 전, '용기'를 '준비'하고, 나의 길을 거침없이 가고자 한다. "기회가 없음을 두려워하지 말고, 준비되어 있지 않음을 두려워하라"는 랠프 에머슨의 말을 더 늦기 전에 가슴에 품어본다.

찻잔에 따뜻한 커피를 따른다. 찻잔의 온기가 손을 통해 온몸에 퍼진다. 요즈음같이 날이 서늘할 땐 유독 따뜻한 것들이 그립다. 따뜻한 햇볕, 따뜻한 바람, 따뜻하기만 했던 나의 그리운 사람들…. 나비 찻잔에 담긴 따뜻한 차 한 잔과 싱그러운 음악 그리고 좋아하는 작가의 책이 있으면 더는 바랄 것이 없겠다고 생각했는데, 갑자기 멀리 있는 딸이 생각난다. 느긋한 마음으로 시간을 늘려본다. 그 사이 나비가 나풀대며 나에게로 날아든다.

아름다운 사제동행

　요즈음 스승의 날 풍경은 과거와 달리 삭막하기만 하다. 선물까진 아니어도 학생들이 직접 쓴 편지도 감사의 인사말도 사라지고 있다. 반면 문화센터나 학원 강사들의 대우는 학교 선생님들과 다른 것 같다. 일면을 지켜보면서 씁쓸한 기분이 드는 건 뭘까. 나도 한때 선생님이었기에 어쩔 수 없나보다. 아직도 스승에 대한 감사의 마음이 남다르고, 제자들이 내게 베푼 사랑이 지금까지도 특별하기 때문이다. 여러 스승의 날 중 16년 전 그날은 잊히지 않는다.

　스승의 날에는 특별하게 운동장 조회를 하고, 스승님께 '감사의 꽃 달아드리기' 순서와 〈스승의 은혜〉 노래를 전교생이 함께 불렀다. 수업 시간에는 '감사의 편지'와 '기상천외의 기발한 선물'을 받기도 하고 학생들이 준비한 '축하 공연'을 하기도 하고, 때로는 학부형이 대신 '수업'을 하기도 하는 생각할수록 뜻깊은 날을 보냈다.

　스승의 날이 되면 많이 받기만 한 것이 미안했다. 퇴직하는 해,

마지막 스승의 날에 내가 학생들을 위해 보답할 수 있는 일이 무엇일까를 고민했다. 전교생에게 새롭게 맛보인 오곡 과자와 오란씨 음료수를 선물로 안겨주면 좋겠다는 결론을 내렸다. 나의 소중한 제자들이 너무도 좋아했다. 감사하는 마음을 표하는데, 장소를 가리지 않고 나와 눈이 마주칠 때마다 웃으면서 다가와 말을 걸었다.

"선생님, 부자예요?"

"선생님, 최고예요."

"님 맛있고 감사합니다."

인사받기가 부담스러울 정도여서 여교사 휴게실에 숨어버리기까지 했다. 그런데 동료들의 반응이 별로 좋아보이지 않았다. 대단하다는 인사가 있기는 했지만 그 인사가 진정성이 없다고나 할까, 아무튼 싸한 느낌마저 들었다. 나름 퇴직 전에 뜻있는 일을 해볼까 해서였는데, 동료에게 피해를 줄 줄은 미처 생각지 못했다. 거기까지였으면 좋았을 텐데 나는 더 나아가 많은 동료들에게 부담스러운 선생이 되고 말았다.

퇴직 전, 날을 잡아 전체 동료에게 마지막 식사를 대접하면서 석별의 정을 나누는 것까지는 좋았다. 제자들이 소나무처럼 강한 신념과 푸른 기상으로 꿈을 이루기를 바라는 마음에서 교정에 소나무 한 그루를 심었다. 내 뜻과 다르게 문제가 커지고 말았다. 나의 넘치는 애교심이 다음 퇴직자에게 부담을 주는 일로 회자되었던 것이다. 잘한 일인지 잘못한 일인지 갈등을 느끼기도 했지만, 제자들이 소나무 사진을 찍어보내며 소나무가 잘 자라고 있다는 소식을 가끔 전해줄 때마다 흐뭇한 마음을 감출 수 없다. 이후 학교 행사에 초빙되면 교문에 들어서자마자 왼쪽 화단에 자리잡은 소나무를 확인하며 많은 생각들이 교차했다. 살아오면서 잘한 일 중에 하나였다고 결론을 내렸다.

제자들과 만나면 과거 수업 시간에 있었던 이야기를 하곤 한다. 가장 많이 나왔던 이야기는 첫 수업 시간에 국어 공책 첫 페이지에 '하면 된다'를 빼곡하게 써오는 숙제였다. 수업 시간에 선생님보다 늦게 들어오는 학생은 선생님 대신 수업하는 벌을 준 것도 끄집어냈다. 선생님이 수업 시간에 단추가 엄청 많이 달린 옷을 입고 와서 학생들이 단추 세느라고 수업에 집중하지 못했다는 이야기를 해서 우리 모두 한바탕 웃었다. 순간 나는 멋쩍게 변명 아닌 변명을 해야 했다. 학생들 개개인의 능력과 환경과 상황을 고려하지 않고 일률적인 교육으로 무조건 '하면 된다'를 강조했던 선생님 그리고 수업 시간에 특별한 사정으로 늦을 수도 있는데 시간관념 키운답시고 벌칙으로 그 시간 수업하기를 강조한 선생님….
"제자들아, 부끄럽다."
나의 사과에 제자들은 푸근한 미소와 따뜻한 박수로 받아주었다.

60대의 제자와 70대의 스승이 만났다. "옛날에는 무서워서 말도 못 걸었는데 지금은 너무 편안하고 좋다"고 한다. 어떤 계산도 필요 없는 사제의 시간이 나도 즐겁다. 제자들이 우리 집에 찾아오기도 하는데, 그런 날은 입과 눈과 마음이 즐겁다. 나 또한 그 시절로 돌아간 기분이 든다.

"선생님, 친정에 다녀가는 것 같아요."

저마다 내가 준비해준 보따리를 들고 현관을 나서며 하는 말이다. 나도 모르게 미소가 한가득 피어나며 고맙다는 말을 잊지 않는다. 다양한 직업을 가진 제자들과 만나 정보도 교환하고 서로를 챙겨주고 소통하면서, 이제는 내가 제자들에게 배우는 게 더 많음을 실감한다. 이런 삶이 고맙고 행복하다.

학업 성적이 뛰어난 제자는 장학사가 되어 교육동지가 되었다. 만들기 재능이 뛰어난 제자는 한지공예가가 되어 의정부 예술의전당에서 전시회를 열었다. 제자의 늠름한 모습은 언제 보아도 자랑스럽다. 미용에 관심이 많은 제자는 미용기술자가 되어 점점 흐려진 나의 눈썹을 젊은 모습으로 바꿔준다. 음식점을 운영하는 제자들도 여럿 있다. 다양한 음식을 그들 덕분에 맛볼 수 있다. 제자 얼굴도 볼 겸 가끔 들르는데, 그들과 소통하는 삶이 즐겁고 행복하다. 제자들은 만날 때마다 인증 사진을 남기면서 나의 기분까지 챙긴다.

"선생님, 친구라고 해도 될 것 같아요" 하면 "제자들아, 너무 오버하지는 말아요" 하며 분위기는 한껏 달아오른다.

이제는 함께 늙어가는 처지로 서로를 배려하고 격려하는 마음이 더 크다. 살면서 힘들 때 '이 또한 지나가리라'라는 말로 스스로를 위로하기도 하고, 나를 믿고 힘들다고 고백하는 제자들에게 마음을 다해 품어주기도 한다. '사제동행'하면서 희희낙락하는 삶이 행복으로 가득하다. 자연의 순환이 우리를 떼어놓을지라도 '누구보다 더' 보다는 '이전보다 더' 사랑하며 그들과 함께 배우고 감사하며 살고 싶다.

의자

언제부터였나, 우리 집 의자들에게 눈이 자주 간다. 있는 듯 없는 듯 살아왔는데, 지나가면서 가끔 손으로 쓰다듬어보기도 하고 빙긋 웃어주기도 하고 자리를 다시 잡아주기도 하면서 존재를 확인한다. 화장대 의자와 식탁 의자, 거실 의자와 서재 의자 등 각기 다른 모양과 기능의 것들이 식구 수보다 많다는 것을 그러면서 알게 되었다.

베란다 한 켠에 마련한 꽃밭을 가꾸다가 피곤하면 앉아서 쉬곤 하는 의자는 발코니 중앙에 위치한 앤티크 테이블과 세트인 둥그스름한 안락의자이다. 이 의자는 꽃을 가꿀 때 외에는 크게 사용하질 않는다. 내가 가장 오래 앉아 있는 의자는 단연 화장대 의자이다. 하루를 시작하기 위해 앉기도 하고, 거기 앉아 수시로 나를 바라보고 점검하기도 한다. 어느 순간부터 나날이 흐려지는 나의 모습이 아쉽고 때론 서운한 마음도 들지만 나는 그 의자에 앉아 거울을 볼 때가 가장 편안하고 행복하다.

그런데 몇 년 전부터 식탁 의자가 편해졌다. 아마도 글을 쓰기 시작하고부터이지 싶다. 이곳에 앉는 시간이 길어지면서 풀리지 않던 생각도 산책을 할 때와 같이 술술 풀어져 나온다. 거기 앉아 창 너머 하늘을 보기도 하고, 바람 따라 계절 따라 변화하는 건물 밖 전경을 관찰하기도 한다. 이 의자는 언제든 기꺼이 나를 안아준다. 몇 년을 더 함께할지 나도 의자도 알 수 없지만 오래도록 함께하고 싶을 뿐이다.

식탁 의자에 앉아 독서를 하고 습작도 하고 가끔 친구들을 초대해 식사를 하면서 살아가는 이야기를 나눈다. 하루가 기우는 시간, 각자 의자 등받이에 편안히 기대앉아 봄을 기다리며 석양을 바라보는 시간도 노후의 또 다른 즐거움이다. 저무는 서녘 하늘의 여유로움에 마음까지 느긋해진다.

거실 의자에 앉아서는 TV 시청을 주로 한다. 코로나19로 외출이 불편했던 시기에 트로트 바람이 세게 불었다. 나는 그동안에도 심심할 틈 없이 트로트와 친해졌고 채널을 돌려가며 트로트를 섭렵하는 열혈 팬이 되었다.

얼마 전까지만 해도 거실 의자는 앉아 있는 시간보다 누워 있는 시간이 많았다. 외출에서 돌아와 피로가 몰려올 때면 잠깐 조각잠을 청하곤 했다. 아주 오래된 의자인데, 결혼할 때 어머니와 함께 고른 것이어서 애착이 남다르다. 가죽이 오래되어 버릴까도 싶었지만 특별한 연인처럼 결단이 쉽지 않았다. 얼마 전에 리폼하여 새것처럼 사용하고 있다. 리폼 가격을 생각하면 요즘 유행하는 의자로 바꿨겠지만, 어머니가 장만해주신 의미도 있고 나만의 소중한 추억을 간직하고 싶어 그만두었다. 녹색이었던 의자는 밝은 와인색으로 변신했다. 내가 좋아하는 색이고 특별히 유행을 타지 않아 마음에 들었다. 50년을 함께한 것도 그렇고, 나의 분신처럼 늘 함께한 의자여서 볼 때마다 마음이 편안해진다.

발코니 의자에 앉아 밖을 내다본다. 통유리 아래쪽으로 보이는 놀이터는 시간마다 계절마다 이야기를 달리해 보여준다. 이번 겨울에는 유난히 눈이 많이 내렸다. 군데군데 눈사람 만드는 동네주민들이 놀이터 안을 분주하게 움직인다. 그 움직임 사이로 행복이 피어난다. 그 옆으로 조성된 건너편 정원의 소나무는 언제나 좋은 기운을 보낸다. 저 소나무라면 어떤 시련도 거뜬히 이겨나갈 것이다. 좁은 길 옆, 수레를 끌고 가는 어느 노부부의 걸음걸이는 느리고 무겁다. 그들은 수레 가득 정리한 상자를 싣고는 앞에서 끌고 뒤에서 밀어주며 서로의 힘을 나눠 걸어간다. 부부란 저런 것이구나, 하는 생각과 함께 나도 모를 쓸쓸함이 밀려왔다. 저들이 지금보다 나은 내일을 맞았으면 싶었다.

서재에는 책상 앞으로 일인용 의자와 그 옆으로 긴 의자가 놓여 있다. 남편 전용이었던 서재를 이용할 일이 드물어 그 의자들과는 서먹한 편이다. 손자손녀가 오면 그곳에서 놀기도 하지만 이제는 필요할 때만 가끔 들여다볼 뿐이다. 남편이 앉았던 서재 의자는 주인이 떠난 후로 누구도 앉지 않는다. 필요한 책을 찾거나, 내게로 온 책들을 정리하기 위해 서재에 들어가면 언제든 그 의자와 마주한다. 나는 책을 정리하고는 곧바로 서재를 나온다.

편리에 따라 의자를 달리 사용하기도 한다. 다양한 의자가 있다는 것은 각기 다른 용도가 있다는 의미이기도 하다. 하지만 각각의 추억과 이야기가 담겨 있어 언제 마주해도 우리 집 의자는 나에게 하나같이 익숙한 존재들이다.

문득, 나는 편안한 의자 같은 사람인가? 하는 의문이 들었다. 누군가 내게 기대어 편히 쉴 수 있는 의자 같은 존재로 살고 싶다는 생각을 한 적도 있다. 좋은 의자란 어떤 상황에서도 몸과 마음을 편안하게 해줄 수 있어야 한다고 생각하기 때문이다.

의자가 없는 삶을 생각하고 싶지 않다. 쉼도, 공부도, 사교도 없는 삶을 원하지 않는 것처럼. 가뜩이나 좋은 사람 만나기 어려운 세상, 나의 외로움을 달래주는 친구 같은 의자는 나에게 기다림의 상징이 된 지 오래다.

누구든 우리 집으로 와 편안히 쉬었다 가길 원한다. 식구들이 하나둘 집을 떠났지만 굳이 의자를 치우지 않은 이유이다.

박칠희

『인간과문학』수필 등단
(사)한국수필문학진흥회 이사
인간과문학작가회 회원
E-mail : chpark2875@gmail.com

나의 꿈이 피어난 곳
세월이 스승이다
나 왔어요

나의 꿈이 피어난 곳

 '젊어서 고생은 사서도 한다'는 말이 있다. 왜 고생을 돈 주고 하
라 했을까? 가끔 들어본 말이지만 들을 때마다 아이러니하다. 인생
이 평탄치 않음의 알림인가?

 아득히 먼, 50여 년 전 일이다. 결혼하고 3년이 지나면서 잘 나가
던 남편 사업이 어려워졌다. 믿고 지내던 사람에게 속임을 당해 종
국엔 사업이 무너지고 있었다. 품안의 아이들이 한껏 재롱을 부리
기 시작할 때, 사방이 가로막혀 안개 속같이 암울했다. 하지만 남편
이 그동안 쌓아온 신뢰와 신용으로 오뚝이처럼 재기할 수 있었다.
젊음이라는 재산이 있었기에 가능했고 사랑하는 가족이 그의 버팀
목이었다. 아이들이 건강하고 올곧게 성장했기에 힘든 중에도 억만
장자가 부럽지 않았다.

 신의 질투였을까? 봄날같이 따스하고 아늑한 우리들의 둥지에 불
쑥 어둠이 침범했다. 남편이 중환重患에 걸려 갑자기 쓰러졌다. 16

시간의 수술과 20여 일의 금식과 4~5년의 힘든 시간을 버티면서도 믿기지 않게 건강을 회복했다. 74kg이었던 체중이 수술 후 43kg으로 줄었다. 그래도 강건하게 회복되어, 성장하는 아이들에게 아버지의 역할과 가장의 자리를 굳건히 지켜주었다. 아들 결혼도 시키고 손녀도 보고 힘들었던 지난 날들을 까맣게 잊고 나름대로 행복하게 살았기에 별 탈 없이 지낼 줄 알았다.

17년이 지난 어느 날, 남편 몸에 다시 이상이 찾아왔다. 갖은 방법으로 살려보려 발버둥쳤지만 기어코 그는 영원한 곳으로 가버렸다. 나는 그때 삶의 의욕을 잃어버렸다. 자식들은 그런 나를 안쓰럽게 바라만 보았다. 묵묵히 몇 날을 지켜만 보던 딸아이가 내 손을 잡고 한국방송통신대학교 국어국문과에 입학시켜주었다. 교육을 받아야 할 시기에 집안 사정으로 때를 놓쳐 평생을 배움으로 갈망하며 사는 엄마를 딸이 마음에 두고 있었던가보다. 그렇게라도 하는 것이 엄마를 살리는 방법이라고 생각했는지도 모른다. 딸의 간곡한 위로와 보살핌으로 나는 조금씩 기력을 회복하였다.

너무 늦은 나이에 들어본 책가방은 천근같이 무거웠다. 하지만 딸의 응원과 사랑으로 버텨낼 수 있었다. 학교에 가면 비슷한 처지의 동기들이 있어 서로 의지하며 아픔도 삭이면서 무사히 졸업까지 할 수 있었다. 세월이 약이라는 말을 그렇게 실감했다. 시간이 흐르면서 삶의 의욕을 되찾은 나는 졸업 후 학과 동기들과 모여 문학공부를 하게 되었다. 그때는 시詩를 주로 접했다.

어느 여름날이었다. 문학동아리에서 가깝게 지내는 동기가 도봉문화원에 새로운 수필교실이 열렸다는 소식과 함께 좋은 지도 선생님이 있다며 알려주었다. 소녀 때부터 시 읽기를 좋아했고 문학동아리에서 시를 공부하고 쓰기도 했지만 수필에 대해서는 무지했기에 수필을 공부하고 싶은 의욕이 생겼다. 이번에도 딸과 상의했다. 딸은 엄마가 쓸 글들이 많을 거라고 말해주었다. 딸의 따뜻한 격려에 새로운 용기가 생겼다.

첫 수업에 들어갔다. 수강생이 써온 작품을 놓고 모두가 활발하게 토론하며 합평하는데, 나는 그 분위기가 신선해서 놀라웠다. 얼핏 봐도 60대 이상으로 보이는 수강생들이 '열공'하는 분위기에 감동하면서 나도 작품을 발표하고 싶은 의욕이 생겼다. 첫 작품을 써서 안내받은 대로 선생님 이메일로 송부했다. 주말을 보내고 화요일 수업에 들어갔을 때, 칠판에는 내 이름과 작품명이 다른 수강생들 작품 사이에 올려져 있었다. 벌써 긴장되었다. 자신이 써온 글을 수강생들 앞에서 읽고 합평을 받아야 한다는 생각에 가슴이 쿵쾅댔다. 내 순서가 가까워오자 도망치고도 싶었다. 피할 수 없는 나는 자신 없는 목소리로 내가 써낸 글을 간신히 읽어내려갔다. 합평을 받으면서는 너무도 부끄러워 쥐구멍에라도 들어가고 싶었다.

선생님의 강의 내용을 되새기며 숙제라 생각하고 어쨌든 열심히 썼다. 자랑할 것도 감출 것도 없는 나의 일상을 부지런히 써서 수업 시간마다 발표했다. 작품을 쓸 때마다 걸친 무거운 옷을 하나씩 벗는 것 같은 기분에 마음이 가벼워지기도 하고 한편으론 시키지도 않은 나의 비밀을 고백하는 것 같아 망설여지기도 했다. 그러나 나의 진솔한 이야기를 들어줄 많은 이웃이 있다는 것에 희망이 생겼다. 수필을 만난 덕에 태어나 처음으로 나를 가까이에서 볼 수 있었다. 텅 빈 세상에서 나와 내가 마주앉아 유리보다 더 투명하게 자신을 바라보았다. 숨김없는 대화를 하며 자신을 돌아보는 일이 이처럼 행복한 줄 모르고 살아왔다.

어느 날 지도 강사님이 응모하라고 알려준 문예지에 보낸 글이 당선되었다는 소식을 받았다. 꿈도 꿔본 적 없던 등단이라는 소식이 믿기지 않았다. 팔순이 훌쩍 지난 너무 늦은 나이, 수필에 대해 아직 방향도 못 찾은 나에게 이런 행운이라니. 나의 졸작을 읽어주고 공감하고 이해해준 심사위원들께 고마웠다. 내 가슴에 달고 있는 '등단'이란 리본이 부끄럽지 않도록 꾸준히 수필을 공부하고자 하는 의욕이 마구 샘솟았다. 내 제2의 인생을 같이 걸어주겠노라 매니저를 자청한 우리 수필교실 강사님에게 깊은 감사를 드리며 보답하기 위해서라도 나는 펜에 힘을 주어야 한다.

이 기쁨과 즐거움을 전하기 위해 조용히 남편의 영정 앞에 섰다. 내가 이룬 꿈을 보여주면서 수줍게 웃었다. 잠든 시간 외에, 아니 잠든 시간마저도 당신을 잊어본 적 없노라고 고백했다. 편한 세상에서 지내기를 바란다고, 기다려달라고 부탁도 했다.

그토록 갈망했던 나의 꿈이 작가가 되는 거였음을 이제야 알았다. 나는 이 꿈을 찾으려고 지난 세월 동안 빈 가방을 메고 이곳저곳을 기웃거렸나보다. 이 세상에 존재하는 모든 것들에게 기쁨을 전한다. 앞으로 나의 근력이 소멸될 때까지 나는 나의 글을 멈추지 않을 것이다. 나의 진솔한 고백에 귀기울여주는 이가 있다면 끝없이 나의 이야기를 하려고 한다. 언제나 긍정의 힘으로 응원을 보내주는 사랑하는 나의 딸에게 고마운 마음을 전하며 부끄럽지 않은 엄마가 될 것을 마음깊이 약속한다.

나의 꿈을 피어나게 해준 곳, 도봉문화원! 깃발 휘날리며 영원하여라.

세월이 스승이다

    제 밥그릇도 챙기지 못하던 신혼시절, 손위 시누이 세 분이 갑자기 찾아왔다. 식사 준비를 해야 하는데 요리에 자신이 없어 망설이고만 있었다. 소고기볶음을 해서 점심을 준비하라고 했다. "네~" 하고 대답은 했지만 온몸에 힘이 빠진 듯 어지러웠다. 다행히 시장이 집 가까이에 있었다.

    땅이 깊은지 얕은지 헛걸음을 걸으며 엄마와 언니들이 해주신 소고기볶음을 먹은 기억을 더듬었다. 허둥지둥 길을 가는데 군고구마 장사가 보였다. 소고기 사는 것은 잠시 잊고 군고구마통을 한참 바라보다가 가까이 다가갔다. 구수한 냄새가 그건 먹을 수 있을 것 같았다. 임신 초기라 아무것도 먹지 못해 지쳐 있을 때였다. 한 봉지를 사서 조심스럽게 먹어보니 토를 하지 않았다. 정신을 차리고 소고기와 무를 사들고 집으로 왔다. 시누님들은 늦게 온 것을 탓하지 않고 살림들을 둘러보고 있었다.

•

시누이들이 시장할 거라 생각하니 마음은 급한데 맛도 볼 수 없고 음식 냄새에도 토가 나고 요리에는 완전히 무지했기에 소고기볶음은 할 생각만으로도 앞이 캄캄했다. 그동안 시간이 얼마나 걸렸던 걸까? 군고구마까지 사먹고 왔으니 말이다. 돌이켜 생각해보면 어이없고 철없고 딱하기도 하다. 많은 사람들이 오가는 시장에서 군고구마통 옆에 쪼그리고 앉아 고구마를 먹는 나의 지친 모습을 엄마나 언니들이 봤다면 얼마나 기가 찼을까.

눈대중으로 간을 하고 맛을 상상하면서 소고기볶음을 해서 어렵게 밥상을 차렸다. 시누이들이 맛을 보자마자 약속이나 한 듯 수저를 놓으며 먹을 수가 없다고 했다. 무슨 맛인지 간도 안 맞고 맛도 없다는 것이다. 이런저런 꾸중 아닌 꾸중을 들으며 죄인처럼 서 있는데, 다행인지 불행인지 남편이 돌아왔다. 들어오면서 누님들이 하는 말들을 들었는지 언짢은 말을 했다.

"간이 안 맞으면 간을 더 하면 되고 양념이 부족했으면 필요한 양념을 더 넣어 가르치며 요리해서 먹으면 될 것을."

누이들은 요리사가 만든 요리 먹으러 왔냐고, 이 사람 요리사 아닌 것 몰랐냐고, 아무것도 못 먹어 자신도 쓰러질 지경인 사람한테 너무하는 거 아니냐며 서운하다고 했다. 시누이들은 손아래 동생인 남편에게 아무런 대답도 하지 못했다.

새색시가 밥을 복스럽게 먹어야 한다는데 나는 어릴 때부터 소식을 하고 또 느리게 먹는 습관이 있어 빨리 먹을 수가 없다. 밥 먹는 것도 시원찮아 보이고 야무지게 살림도 못하니 시누이들 눈에 에쁘게 보일 턱이 없다. 무슨 입덧을 그리 유난스럽게 하냐고 핀잔을 하지만 나도 도리가 없다. 어느 날 남편에게 냄새 안 나는 백설기 시루떡은 먹을 것 같다고 사오라고 해서 눈물 콧물 흘리며 먹었던 기억이 난다. 징징대며 먹는데 남편이 웃는 것이었다. 어이없어 하며 바라보았더니 방석 밑에서 녹음기를 꺼내어 틀어주었다. 훌쩍거리며 먹는 내 소리를 듣고 그만 나도 웃고 말았다. 너무 힘들어 엄마 되는 것을 포기하려고도 했지만 잘 견뎌서 아들, 딸을 낳아 성장시켰으니 나는 성공한 엄마이다. 두 아이의 엄마가 된 나는 정수리의 살이 보일 정도로 머리카락이 빠졌고 칼슘 부족으로 치아가 약해져서 의치에 의존하며 산다.

신혼시절에 저지른 실수가 한두 가지가 아니었다. 아니 실수가 아니라 완전 모르는 게 많았다. 포기김치를 한번만 썰어서 상에 올린 적이 있다. 남편은 밥을 다 먹고 난 뒤 다음에는 김치를 짧게 썰었으면 더 좋겠다고 말해주었다. 후에 언니네 집에 놀러갔을 때 그 이야기를 했더니 집안망신 다 시킨다고, 여태까지 김치 써는 것도 몰랐냐고, 먹으면서 김치가 긴지도 짧은지도 안 보고 먹었느냐고 너를 어쩌면 좋으냐며 제부한테 너무 미안하다고 내 얼굴을 빤히 보면서 웃었다. 대가족인 나의 친가는 일손이 많았기에 막내인 나에게는 아무것도 시키지를 않았다. 내가 결혼해서 이처럼 살림이 서툰 것은 언니들의 책임도 있다. 세월이 지나고 시행착오를 겪으면서 이제는 음식을 맛있게 한다는 칭찬을 가끔 받기도 한다.

사업 관계로 외식이 잦은 남편은 종종 맛집에 데리고 가서 그 집음식을 먹게 하고 배우도록 했다. 맛을 제대로 냈을 때는 잘했다고 꼭 칭찬을 해주고 맛이 부족하면 탓하지 않고 재료와 방법을 의논하며 알려주었다. 아무것도 못하고 실수할 때마다 미소로 안심시켰던 그 사람을 이제와 생각하니 나에게 다시 없는 보호자이며 스승이었다.

남편의 건강이 나빠지기 시작하면서 세상물정 모르는 내가 걱정된다며 어느 날 위로와 당부를 했다. 모르는 것은 살아가면서 배우면 된다고, 돌다리도 두드려보고 건너야 하며, 매사 조심하라는 뜻이었다. 노력 없이 얻어지는 것은 독이라고, 지나친 친절은 사양하라고. 가훈처럼 마음에 새기고 살라 했다. 돌이켜 생각하니 이별을 예감한 그의 아픈 유언이었음을 나는 너무 몰랐다. 그러겠노라고 걱정하지 말라고 대답했어야 했는데 그러지 못해 후회스럽고 마음 아프고 또 아프다.

연례행사인 가을 김장김치도 언니들이 와서 해주었는데 이제는 아니다. 세월을 이기지 못하고 내 곁을 한분 한분 떠나신다. 내가 실수했던 기억들을 들추어 놀리고 웃겨주고 가르쳤던 언니들과의 추억이 그립다. 막내이기에 가족들의 한없는 사랑과 보호를 받았지만, 그러나 막내이기 때문에 홀로 감당해야 하는 비애가 너무 크다. 세월이 주는 가르침을 깨달으며 배워가며 부족함을 채우려 노력한다. 세월은 예고도 없이 문제를 던져주고 묵묵히 감당하며 따라가면 반드시 답을 알려준다. 세월은 나의 스승이다.

나 왔어요

늦은 아침 부스스 일어나 주섬주섬 가방 하나 들고 집을 나섰다. 남편이 잠들어 있는 '유토피아추모원'에 가기 위해서다. 지하철로 가다가 고속버스를 갈아타고 일죽에서 내려 다시 택시를 타고 가야 만날 수 있다. 기다리고 있겠지? 마음이 급해진다.

"나 왔어요. 봄이 오고 있나봐요. 오다보니 엊그제 종일 내린 눈이 거의 다 녹고 그늘진 곳에만 잔설이 조금 있네요. 창가에 햇살이 비쳐 깨어보니 문득 당신이 그리웠어요. 너무 보고 싶어 준비 없이 그냥 왔어요. 잘 지냈어요? 춥지는 않았어요? 자주 오지 않아 섭섭했지요?

비가 오는 날이면, 눈이 오는 날이면, 아니 해질 무렵이면 당신 음성이 현관에서 들리는 듯합니다. "늦어서 미안합니다." 젖은 우산을 털며, 손에는 늘 가족들이 좋아하는 먹거리를 잔뜩 들고 귀가하던 당신의 음성이 들리는 것 같아 나도 모르게 현관 쪽을 자꾸 바라봅니다. 세상물정 몰라 엉뚱한 말을 하는 나를 보며 터지는 웃음 참느라 콧등에 주름짓던 정겨운 표정이 오늘 따라 몹시 그립습니다.

당신이 그리도 예뻐하던 딸은 어쩌면 아빠를 똑같이 닮았을까요. 식성도요. 요리에 무지한 내가 때 없이 끓이는 김칫국을 맛있게 먹는 당신과 딸을 보면서 속으로 웃었던 나를 당신은 몰랐을 거예요. 지금은 요리솜씨가 많이 좋아졌답니다. 그래서 맛있게 만들어진 음식을 먹을 때마다 문득문득 당신에게도 아이들에게도 미안한 마음이 들곤 해요. 진즉에 배워뒀어야 했는데 말이지요.

아들이 대학원 마치고 L회사에 연구원으로 가게 되었을 때 반찬이 입에 맞느냐고 물었더니 "엄마가 해준 것보다 더 맛있어요" 하고 짓궂게 웃더군요. "너~" 하면서 같이 웃었던 그날이 엊그제 같아요.

당신이 우리들 곁을 떠난 지가 벌써 18년이 되어가네요. 당신의 혼을 담아 지어준 우리 집도 어언 30년이 넘었고요. 회복되지 않을 자신의 건강 상태를 알면서도 근력이 다할 때까지 고쳐주고 정리해 놓고 떠난 당신의 마음을 생각하면 마음이 저려옵니다. 이 집에서 생이 다하도록 떠날 수가 없을 거 같아요.

운동에 둔하고 게으른 내가 지금도 다리에 이상 없이 살 수 있는 것은 당신이 만들어준 계단에 지팡이 역할을 하는 손잡이 덕입니다. 시장도 가고 볼일도 있어 하루에 한두 번 오르내리면 운동을 따로 안 해도 되고요, 많은 세월이 지난 지금도 방금 입주한 듯 튼튼하고 깨끗해요. 아래층에 새로 이사온 사람이 내게 한 말입니다. "30

년 전에 어떻게 이토록 튼튼하고 좋은 집을 지었어요?" 그 사람이 아치형 베란다 유리창이 너무 멋져 보인답니다. 나는 그런 말을 들을 때마다 그저 감사하답니다.

의정부에 당신의 첫 작품으로 지은 집들 생각나요? 여러 건축업자들 틈에 끼어 처음으로 지은 집들 말예요. 그해 여름 억수장마로 경력이 있는 건축업자들이 지은 많은 집들은 물이 새서 난리가 났는데, 당신의 첫 작품에 입주한 사람들한테 걸려온 전화는, 집에 아무런 이상이 없으니 걱정하지 말라는 감사의 인사였지요. 당신은 좋은 사람, 올곧은 사람, 당신을 존경합니다.

세월을 보내면서 당신에게 고마워해야 할 말이 쌓여갑니다. 강한 이에게 강하고 약한 이에게는 양보하고 배려하고 베풀던 당신, 옳고 그름에 누구에게라도 당당했던 당신, 하나를 받으면 둘을 주던 당신의 넉넉한 품성을 존경합니다.

어느새 날이 저물어가는군요. 어서 돌아가라고 당신의 성화하는 소리가 가슴을 울립니다. 언제나 어디서나 지켜주고 걱정해주는 당신, 당신의 위패는 이곳에 있지만 당신은 언제나 나의 가슴에 있으니 외로워 말아요. 기력 떨어져 작은 나의 어깨에 기대던 당신, 다음세상, 그 다음세상에서도 당신이 기댈 수 있는 어깨가 되렵니다. 호흡이 멎은 당신을 품에 안고 당신 가슴에 얼굴을 묻은 채 소리도 못 내고 꿀꺽꿀꺽 삼키던 나의 처절한 울음을 당신도 들으셨는지요? 편히 가도록 했어야 했는데, 먼 길 가는 당신 마음 아프게 해서

두고두고 후회합니다. 정갈하고 편안한 세상에서 못다한 일, 하고 싶었던 일하며 기다려줘요. 아이들 곁에 조금만 더 있다가 갈게요. 나 당신에게 가는 날 길 잃지 않도록 마중해줘요.

　온기 없는 곳에 당신을 두고 돌아서는 나는 잿물보다도 독하고 무정한 사람입니다. 공허한 마음, 못다한 이야기 태산 같은데….

　또 올게요.

박효진

『인간과문학』평론(2019), 『에세이문학』수필(2020) 등단
저서 『너의 이름은』
제11회 매원수필문학상 수상(2024)
(사)한국수필문학진흥회 이사, 인간과문학작가회 회원
E-mail : jin-note@hanmail.net

엄마의 일기장

JM 탈출기

흉터

엄마의 일기장

　엄마의 유품을 정리 중이었다. 옷장 한 귀퉁이에서 두꺼운 노트 세 권이 나왔다. 일기장이었다. 언제였던가, 일상이 지루하다고 푸념하는 엄마께 일기를 써보라고 권한 적이 있었다. 아마도 코로나19로 모든 것이 막혀 있던 때였으리라.

　엄마의 하루는 베란다 화분에 핀 꽃들과 심심한 인사를 나누며 시작되었다. 유난히 꽃을 좋아했던 엄마의 순한 모습이 떠올랐다. 엄마는 점심을 먹고 산책 삼아 조용한 동네 주변을 한두 바퀴 천천히 돌았다. 힘들면 편의점에서 주스를 한 병 사서 나무 아래 벤치에 앉아 마시고, 집으로 들어오는 길에 슈퍼마켓에 들러 먹거리를 챙겨들었다. 어떤 날은 라면을 집어들고, 간식으로 과자를 골랐다. 가끔 장터에서 비지와 순대를 사오기도 했다. 종일 누군가와 전화 통화를 하거나 밤 늦게까지 텔레비전을 틀어놓고 소파에 누운 채로 잠드는 날도 많았다.

가슴 깊숙이 감춰둔 엄마의 이야기엔 외로움이 켜켜이 쌓여 있었다. 일기라기보다는 푸념에 가까운 이야기들로, 서너 장을 채운 날이 대부분이었다. 그 속에서 서러움도 비어져나왔다. 엄마는 우리를 만나면 늘 외롭다고 노래불렀지만 자식들은 그럴 때마다 바람처럼 스쳐들었다.

열아홉에 결혼한 엄마의 삶은 고단한 길이었다. 아빠는 몇 번이나 사업에 실패하고, 50대 초에 엄마와 다섯 딸을 남겨둔 채 먼저 세상을 떠났다. 혼자서 다섯 자식을 돌보기 위해 평생 일에만 매달렸기 때문일까, 엄마는 나이 들어 여유가 생겼어도 노는 방법을 몰라 무엇을 해야 할지 모르겠다고 하셨다. 쉴 수 있어도 어떻게든 일거리를 찾았고, 없으면 만들어서라도 하셨다.

몇 해 전까지 엄마는 노인일자리를 신청해 초등학교 급식소에 다녔다. 일하고 돌아오면 몸살을 앓다가 진통제를 먹고서야 겨우 눈을 붙였다. 용돈 정도의 벌이였지만 할 일이 있다는 것에 보람을 느꼈다. 한참 몸에 익을 즈음 급식소에서 미끄러져 갈비뼈에 금이 갔고, 어쩔 수 없이 일을 중단해야만 했다. 평소 말썽이었던 허리 수술까지 받고부터는 더 이상 어떤 일도 할 수 없었다. 혼자 집에 머무는 시간이 길어지면서 엄마에게 우울증이 찾아왔다. 종일 뭘 할까 조바심이 났고, 밥만 축내며 사는 당신 인생이 한심하다고 적어놓았다.

당신의 전부였던 큰딸이 7년 전 암으로 손을 쓸 수 없게 되면서 엄마는 깊은 절망에 빠져버렸다. 딸에 대한 근심으로 엄마의 우울증은 극에 달했고, 견디지 못해 스스로 정신병원을 찾았다. 큰딸은 엄마에게 아픈 손가락이었다. 다섯 딸 중 가장 애지중지 키웠지만 딸의 삶은 그리 녹록지 않았다. 고생만하다 병을 얻은 게 모두 당신 탓인 것만 같았다. 15년 전 사고로 잃은 넷째딸을 가슴에 묻으면서도 엄마는 삶을 포기하려고 했다. 그때도 정신병원을 오가며 가까스로 견뎌왔는데 몇 년 뒤 큰딸마저 잃은 것이다.

엄마에게는 둘째딸이 유일한 위안이 되었다. 아빠가 떠나고 엄마가 일터로 나갔을 때 흔들리는 집안을 묵묵히 이끈 건 둘째였다. 엄마의 마음이 온통 큰딸에게 가 있어도 둘째는 상관하지 않았다. 결혼 후에도 한동네에 살면서 엄마 일이라면 발 벗고 나섰다. 그런 둘째가 남편처럼 든든했다. 평생 자기를 보호해줄 거라 믿고 의지했다. 그래서일까, 둘째를 만나는 날은 언제나 기분이 들떠 있었다. 특별할 것도 없는 일상은 설렘으로 가득 찼다. 평생 먹어온 수면제도 그날만큼은 잊어버릴 수 있었다.

엄마는 당신의 삶을 파노라마처럼 옮겨놓으며 행복해하고 있었다. 딸들이 자라는 모습을 보면서 웃었고 작은 것에도 서운해했으며 그보다 더 작은 것에 함박웃음을 웃었다. 엄마의 글을 읽으면서 우리 집이 여전히 서열 중심이란 걸 알게 되었다. 나는 셋째언니 순서가 궁금했다. 다음 장을 넘겼다.

셋째가 온다고 하면 종일 텔레비전 앞에서 웅크리고 있다가도 부리나케 씻고 마중나가는 엄마를 상상했다. 무뚝뚝하기만 하고 평소 얼굴도 내비치지 않는 셋째가 얄밉다고 하다가도 뭐라도 챙겨줘야 하는데, 하고 적어놓았다. 엄마에게는 셋째도 아픈 손가락이었나보다 더 줄 것이 없는지 냉장고 문을 열고 닫기만 몇 번이고 했다. 그리 못사는 것도 아니고 어디가 부족하지도 않은데 막내인 나한테도 안 하는 애정을 담뿍 쏟았다. 가까이에서 엄마의 마음을 차지한 언니들이 부러웠다. 나는 일기장을 뒤적이다가 끝내 내 얘기가 없어 잠을 설쳤다.

엄마에게 나는 뭘까? 내 이야기는 어디쯤인지 나타나지 않았다. 그러다가 구석쯤에서 배달앱을 통해 내가 엄마 집으로 음식을 배달시켜드린 흔적을 발견했다. 엄마가 먹는 걸 워낙 좋아해서 복날도 챙겨드리고, 국이나 간식도 틈틈이 보내드렸다. 엄마와 멀리 떨어져 살기에 잘해드리고 싶었는데, 내 마음을 몰랐던 걸까. 희로애락이 담긴 엄마의 일기 속에서 내 이름은 이따금 맹숭맹숭하게 고개를 내밀었다. 철마다 피는 꽃의 이름은 기억하면서 막내딸 이름은 가물거리는지 띄엄띄엄 불러주었다. 생각할수록 서운하고, 그걸 확인하는 내 존재가 한심스러웠다. 자주 전화드리고 얼굴 보여드리는 것만큼 엄마한테 좋은 선물은 없다는 걸 알았다.

엄마는 거동이 불편해지면 나와 같이 살고 싶다고 언젠가 말했다. 나는 바로 대답하지 않았다. 자신이 없어서였다. 내 시간을 엄마로 인해 빼앗기고 싶지 않았다. 엄마는 고집이 세고, 불같은 성격이어서 나를 힘들게 할 것이 뻔했다. 기회만 되면 엄마에게서 벗어나려고 애썼던 내가 아니었나. 결혼하면서 겨우 빠져나왔는데, 다시 예전으로 돌아가자고? 아니 될 일이었다. 생각하기도 싫었다.

나는 평소보다 차갑고 매정하게 엄마를 대했다. 애써 만들어준 반찬을 그대로 두고 오는가 하면 새벽부터 일어나 차린 밥상을 대놓고 먹기 싫다고 화까지 냈다. 다정하게 대할수록 더 외면했다. 그런 나에게 엄마도 속마음을 드러내지 않았다. 가끔 보여줬던 진심을 내가 모른 척할 때마다 하나하나 가슴에 담아두고서 일기장에 한번씩 그 섭섭함을 기록해놓으셨다. 막내가 밉다고, 그래서 속상하다고 연필을 꾹꾹 눌러서 글씨를 박듯 적었다.

그러면서 왜 나와 함께 살자고 했을까. 언니들에게 향한 애정은 어디로 가고 나에게 물은 걸까. 엄마는 이미 언니들한테도 같이 살자는 말을 꺼냈다는데, 그들은 뭐라고 했을까. 대답을 들은 엄마의 기분은 어땠을까. 짐작만 갈 뿐, 엄마의 진심은 영원히, 어쩌면 평생 모를 것이다. 아니, 그 마음을 헤아리기 전에 엄마의 이야기가 어느 날에서 갑자기 멈추었다.

JM 탈출기

본의 아니게 나는 선동자가 되었다. 선생 여섯이 한꺼번에 사표를 냈다며 그녀가 나를 몰아세웠다. 자기를 골탕먹이는 것이라는데 목에 핏대를 세우는 그녀를 더는 봐줄 수 없었다.

부원장은 항상 그랬다. 그들이 누구길래 나를 지목한 건지, 나도 답답했다. 언제나 설명도 없이 다짜고짜 이유부터 묻는 건 고문이었다. 끝까지 모른다고 하자 이번에는 두 눈을 부릅뜨고 나를 뚫어지게 처다봤다. 그러고는 내 귀에 대고 선생들의 이름을 한 명씩 또 박또박 말해주었다. 그들이 모두 사표를? 기어이 반란을 일으킨 모양이었다.

25년 전 우리는 JM학원의 강사였다. 그곳은 작은 동네에 위치했지만 학생 수가 700명가량 되었고, 강사도 50명이 넘는 규모가 제법 큰 학원이었다. 급여를 많이 준다는 소문에 이력서를 가져오는 강사들이 적지 않았다.

　나도 이력서를 들고 그 학원 문을 두드렸다. 교무실에는 학과별로 정렬된 수십 개의 책상이 보는 것만으로도 분위기를 압도했다. 하나 같이 분주해보이는 선생들 중 책임자인 듯한 이에게 다가가 인사했지만 그는 본체만체였다. 뭔지 모를 긴장감이 계속해 감돌았다.

　한참 만에 자신을 부원장이라고 소개한 그녀는 나를 큰 강의실로 데리고 갔다. 나에게 분필을 쥐어주고는 무턱대고 강의를 해보라고 칠판을 가리켰다. 자신은 맨 뒷자리로 가 팔짱을 끼고 의자에 등을 기댄 후 느긋하게 다리를 꼬고 앉았다. 3분쯤 지났을까. 그만하라는 손짓과 함께 내일부터 출근하라며 일어났다. 3개월은 기본급만 주고, 그 후에는 기본급에 강의한 만큼의 시급 그리고 담임을 맡아 학생 관리를 잘하면 수당까지 받을 수 있는 조건이었다.

　부원장은 여장부 같았다. 성격이 시원시원하고 화통해서 일처리에 막힘이 없었다. 떡 벌어진 어깨에 목소리도 까랑까랑했다. 우렁찬 웃음소리는 긴장된 교무실에 활기를 주었다. 그런데 화가 나면 닥치는 대로 분풀이를 했다. 마음 약한 선생들만 골라 쥐잡듯했고, 무시하는 말도 거침없이 퍼부었다. 월급을 받으면 그 값을 하라는 말을 입에 달고 다녔다. 선생 둘이 차를 마시면 뭉쳐다니지 말라며 훼방을 놓았고, 강의가 없는 선생들이 휴게실에서 쉬기라도 하면 그 꼴을 또 못 봤다. 5분 쉬는 시간을 이용해 김밥 한 줄 먹으려 해도 학생 상담 들어가라 하고, 수업료를 미납한 학부모에게 독촉전화를 걸어 결과 보고를 제출하라는 등의 일을 시켰다.

부원장에겐 선생들의 자존심 같은 건 안중에도 없었다. 수업 중인 강의실 문을 벌컥 열고 들어가 아이들 수업 태도가 엉망이라느니 선생이 강의를 못해서 그렇다는 등 일일이 간섭했다. 한번은 학생들이 지나다니는 복도에서 나에게 삿대질하며 욕을 퍼붓는데 화가 턱밑까지 치솟았다. 아이들이 보든 말든 까짓것 한판 붙고 싶었다. 하지만 마음만 굴뚝같았다. 그러면 당장 내 수업을 줄이는 건 물론이고, 맡고 있던 담임 자리도 정리할 게 뻔했다. 지금이라도 쫓아내고도 싶겠지만 혹시나 내가 근로계약서를 들이밀까봐 시간을 두고 내 발로 나가도록 온갖 트집만 잡을 것이다.

종일 끼니도 거른 채 강의를 마치면 자정이 넘었다. 녹초가 되어 내 책상으로 돌아왔을 땐 산더미 같은 잡무가 주인을 기다렸다. 다음날 치를 시험문제를 만들고, 주말 특강에 쓸 자료정리와 교무일지까지 작성해 제출하고 나면 새벽 2시가 넘었다.

나는 퇴근하면 학원 근처 호프집으로 곧장 달려갔다. 나와 친한 선생들은 그곳에서 약속한 듯 서로를 기다렸다. 우리는 허기진 배를 술안주로 해결하며 부원장의 횡포에 대한 화를 분출했다. 선생을 자신의 호구쯤으로 보는 그녀의 '갑질'에 복수를 꿈꿨다. 공장 기계 돌리듯 밤샘 작업을 시키는 학원 시스템도 고발하고 싶었다. 로봇도 아닌데 노동 착취만 하는 이곳에서 멍청하게 당하고만 있느니 차라리 실업자가 되는 편이 낫겠다고, 가슴에 맺힌 응어리를 한없이 풀어냈다. 반드시 반란을 일으키자는 의지도 불태웠다. 하지만 다음날이 되면 우리는 제시간에 출근해 온종일 다람쥐 쳇바퀴 돌듯 뛰었고, 부원장의 비위를 맞춰가며 눈치껏 버티다가 새벽이 되면 좀비가 되어 퇴근했다.

내가 생각한 선생은 수업에 최선을 다하는 거였다. 일타강사가 되겠다는 욕심은 꿈도 꾸지 않았다. 학생들의 학업성취도만 올릴 수 있다면 그것으로 만족이었다. 그런데 학원에서 원한 건 그것만이 아니었다. 점점 회의감이 들었다. 내가 꿈꿨던 강사가 될 수 없다면 더 늦기 전에 다른 길을 찾아 나서는 게 옳았다.

사회초년생이었던 나에게 그곳은 냉정했다. 꿈과 현실 사이에서 무엇을 선택해야 할지 혼돈에 빠졌다. 시간이 갈수록 내가 간절히 바라던 것이 무엇이었는지조차 헷갈렸다. 돈을 좇으려면 나란 존재를 버리고 그것의 인형이 되라고 했다. 진득이 참고 견뎌내면 언젠가 '해뜰날'이 온다는데, 내가 거기까지 갈 수 있을지 의문이었다. '아프니까 청춘'이라고 한 말은 위로가 되지 않았다. 혹독하기만 한 사회에서 청춘은 언제나 아프기만 했고, 꿈도 희망도 가질 틈이 없었다. 어떻게든 혼자의 힘으로 뭔가 해보려했지만 어떤 기회도 주어지지 않았다.

부원장은 끝내 나를 주동자로 단정지었다. 범죄자 감시하듯 그녀의 눈빛은 한순간도 놓치지 않고 나를 따라다녔다. 사표 낸 선생들이 모두 퇴사하고 얼마쯤 지나 나도 그곳을 그만두었다.

JM학원에서 탈출한 지 어느덧 20년이 되었다. 우리는 해마다 그 날을 자축하는 파티를 열었다. 이날도 해가 저물고 스물다섯 개의 초에 하나둘 불을 밝혔다.

돌아보면 우리의 인연은 거저 얻어진 게 아니었다. 첫발을 디딘 사회에서 가장 힘든 순간을 서로 의지하며 견뎌왔기에 지금껏 함께 있는 게 아닐까. 인생의 어떤 일에서든 언제나 가장 첫 번째로 꼽아야 하는 것은 사람이라고 했다. 나는 그곳에서 너무도 소중한 인연을 얻었다.

그날, 우리가 올려다본 밤하늘에는 수많은 별들이 반짝였다. 우리들의 눈빛도 꿈처럼 빛났다. 밤이 깊을수록 축제는 별빛으로 물들고, 대하소설 감이라는 그 시절 이야기는 날이 밝을 때까지 썼는데도 끝나지 않았다.

흉터

우산을 받쳐든 남편의 팔뚝에 나의 시선이 멎었다. 동시에 그와 나의 눈이 마주쳤다. 누가 먼저랄 것 없이 우린 잠깐 서먹했고 남편은 걷어올린 소매를 서둘러 내렸다. 나는 아무렇지도 않은 듯 남편의 팔짱을 끼고 걸었다. 이제 익숙해질 만도 한데, 그도 나도 그날의 상처 앞에선 적응이 어렵다.

10년 전, 남편은 오른팔에 큰 화상을 입었다. 당시 청평 국군병원에 근무 중이던 그는 급한 서류를 처리하며 바쁘게 뛰어다니다가 바닥에 엉켜 있던 전선에 발이 걸려 난로 위로 넘어졌다. 서울 화상 전문병원으로 이송 중이라는 연락을 받고 급히 병원으로 출발했다.

그는 팔에 붕대를 감고 응급실 침대에 앉아 있었다. 전화기 너머로 힘들게 말하던 그가 맞나 싶게 헐레벌떡 뛰어온 나를 보고 희미하게 웃었다. 붕대로 한쪽 팔을 칭칭 감고 있는 남편을 보자 참았던 울음이 터졌다.

다음날 수술실로 가면서 나를 바라보는 그의 눈동자가 흔들렸다. 문득, 어머니께 알리지 않은 게 마음에 걸렸다.

남편은 일에 한번 빠지면 일중독자가 되었다. 자기 몸 상하는 건 생각하지 않았다. 지난 달부터 쌓인 업무로 자정이 넘어 퇴근하면 두세 시간 눈을 붙이고 해가 뜨기도 전에 출근했다. 아침도 못 먹고 챙겨준 도시락을 들고 어디론가 끌려가듯 집을 나섰다. 그런 그에게 누가 알아주지도 않는데 자기 몸까지 혹사하며 일하냐고 핀잔을 주었다. 어제도 출근하는 등에 대고 그렇게 쏘아붙였다.

두 시간쯤 지나 수술이 끝났다. 3도화상이어서 피부이식이 불가피했다. 그는 팔과 허벅지에 붕대를 감고 수술실에서 나왔다. 마취가 일찍 풀렸는지, 병실로 가는 동안 의식이 돌아와 끙끙 앓는 소리를 냈다. 인상을 구겨가며 괴로워하는데, 그런 모습은 본 적이 없어서 나는 내내 불안했다.

병실은 얼굴 전체를 붕대로 감싼 환자가 있는가 하면, 얼굴을 포함해 몸통과 양팔과 두 다리를 미라처럼 하고 누운 환자도 있었다. 어떤 환자는 회복 중에 있는지 감았던 붕대를 풀고 물집 잡힌 부분에 연고를 바르는 중이었다. 간호사가 약을 발라줄 때마다 환자 얼굴이 구겨진 종잇장 같았다. 벌겋게 부풀어오른 상처에서 고름이 나와 연고와 섞여 번들거렸다. 그들은 갑작스럽게 출현한 나를 보고 당황한 듯했지만 금방 아무 일 아닌 듯하던 일을 계속했다. 남편은 남자병실이라 불편할 거라며 집으로 가 있으라 했지만 나는 그러고 싶지 않았다.

남편의 입원 기간이 길어지면서 나는 그곳 생활에 적응하였다. 병실 사람들과도 가까워져 가끔씩 그들의 부탁도 들어주었다. 아침을 먹고 나면 남편을 데리고 치료실에 다니는 일이 일과가 되었다. 수술 부위를 소독할 때 그는 다친 팔보다 이식으로 피부를 떼어낸 허벅지를 더 아파했다. 치료실 밖까지 신음소리가 들렸다. 소리가 커갈수록 우는 소리에 가까웠다. 그가 우는 건 시아버지 기일뿐인데 마치 그날처럼 느껴졌다.

결혼 전 남편은 기갑부대에서 근무했다. 훈련 중 전차에서 떨어지면서 다리가 전차 바퀴에 부딪혀 10㎝가량 찢어졌다. 큰 수술을 받았지만 누구에게도 알리지 않고 혼자서 견뎠다. 그 사이 오랫동안 입원해 있던 아버지가 갑자기 돌아가셨다. 20년도 더 지난 일인데도 시아버지 기일만 되면 눈물 흘린다. 장남인 그가 아버지의 임종을 지키지 못해 죄스러워서라고 했다.

치료를 마친 남편이 다리를 절며 밖으로 나왔다. 두 눈이 퉁퉁 부은 채였다. 다가가려는 나에게 오지 말라면서 손짓으로 밀어냈다. 나는 그 손을 힘주어 잡았다. 병실에 누운 그가 눈을 감은 채 소리 죽여 울었다. 많이 아프냐고 몇 번을 물어도 대답하지 않았다. 나는 복도로 나와 어머니께 전화를 걸었다. 아들이 크게 다쳐서 피부이식을 했는데, 많이 힘들어한다고. 어머니는 아들에게 연락하겠다며 전화를 끊었다.

남편의 상처는 아물었지만 흉터는 여전히 그와 함께 있다. 사람들은 흉터도 삶의 흔적이라고 하지만, 나는 그들과 생각이 다르다. 내가 여전히 남편의 흉터에 조심스러운 건 아팠던 순간순간을 기억하기 때문이다.

그도 언젠간 적응하겠지. 시간은 그냥 지나치는 법이 없으니까.

누구나 흉터를 지니고 산다. 눈에 보이지 않을 뿐이다. 나도 이젠 초연해지려고 한다. 상처든 그 어떤 것이든, 그것이 내 것이라면 도리가 없다. 끌고 갈밖에.

변해진

『에세이문학』등단
(사)한국수필문학진흥회 이사, 인간과문학작가회 회원
E-mail : jinny8107@naver.com

사진의 생명미학

메아리와 소음

죽음의 색, 그 숭고함

사진의 생명미학

허리 디스크 수술을 받고 퇴원하던 날 의사는 목소리에 힘을 주어 말했다.

"수술은 아주 잘 되었고요. 이후로는 그림 그리는 것 같은 어정쩡한 자세는 안 돼요. 재발할 수 있어요….”

수술을 끝내고 난 의사들의 첫 말은 늘 "수술은 잘 되었습니다"이다. 그들의 말은 타성에 푹 젖어 있다. 그런데 내 허리디스크의 원인은 비단 그림 그리는 어정쩡한 자세 때문만은 아니다. 퇴직 전 20여 년간을 사무실에서 나는 내 몸에 맞지 않는 의자를 사용했다. 앉으면 발이 바닥에 닿지 않는 큰 의자였다. 처음 얼마간은 아무도 모르게 다른 직원들이 쓰는 일반 의자를 가져다 쓰곤 했다. 이튿날 아침이 되면 사무실 청소하는 아주머니가 다시 내 의자로 바꾸어놓았다. 결국 발이 바닥에 닿는 일반 의자를 포기하고 내 몸에 맞지 않는 내 의자를 그대로 사용했다. 그 사이 발을 바닥에 붙이기 위한 요령도 개발했다. 의자 끝에 걸터앉는 것. 그 요령이 허리에 부담을 주었고 어느 정도 내 허리 병의 원인이 되었다.

의사의 명령 같은 주의사항은 타성에 젖어 있었지만, 퇴원 후 내 내 신경쓰였다. 그림 그리는 자세는 안 좋다고 하니 허리에 무리가 가지 않고 재미있게 배울 수 있는 것이 무엇일까 생각해보았다. 나는 내 앎이 '할 수 있는' 무엇보다는 내 앎이 모자라 '배울 수 있는' 무엇을 늘 찾았다. 배움이 주는 기쁨은 알고 있는 것을 수행하는 일보다 한결 더 재미있고 성취감을 주었다. 몰랐던 것을 알게 되는 순간은 마치 깊은 산 속에서 길을 잃고 헤매다 잃어버린 나침판을 찾았을 때의 희열 같은 것이었다.

나침판은 길을 잃은 이들에게 길의 방향을 알려준다. 몰랐던 새로운 것을 알게 된다는 것은 내 마음의 행로를 밝혀주는 길잡이가 된다. 무엇을 배울까 고민하던 어느 날 저녁 무심히 쳐다본 티브이 광고 속 멋진 디지털카메라가 내 눈을 사로잡았다. '그래 이거야, 사진' 그래서 그림 대신 사진을 배우기로 했다. 사진은 빛으로 그리는 그림이니까 붓으로 그리는 그림과는 표현의 도구만 다를 뿐일 테니. 촬영 장소에 따라 걷는 운동도 되어 수술한 허리에도 도움을 줄 수 있어 일거양득일 것이리라 생각했다.

한국 내셔널지오그래픽과 관계가 있는 한 사진전문기관에서 3년 정도 강의를 들었다. 분야별로 여러 전문강사들이 강의했지만 그중 상급반을 맡아 강의했던 K 교수를 잊을 수가 없다. 그는 부산 모 대학에서 강의하지만 매주 화요일과 목요일에는 서울로 왔다. 부산에서 서울까지 오토바이를 타고 오는 오토바이마니아였다. 그의 어법은 항상 농담조이며 때로는 대단히 냉소적이었다. 그의 말에 익숙한 사람이 아니고는 강의를 알아듣지 못했다. 그저 농담이려니 하고 멍하니 웃고 손뼉만 치다보면 그 속에 뒷짐지고 앉아 있는 진짜 의미를 주워담지 못한다. 그에 관한 얘기를 하려면 끝도 없다.

학기가 끝나갈 무렵 마지막 강의에서 K 교수는 사진 한 장을 화면에 띄웠다. 그러고는 감상 후의 느낌을 수강생들에게 물었다. 사진은 푸른 색이 감도는 회색빛이 전체를 휘감고 있는 사막을 찍은 것이었다. 그의 물음은 다른 날과는 다르게 진지하고 집요하기까지 했다. 마지막 강의가 주는 아쉬움 때문이었을까, 6개월간의 강의 중 그런 진지한 모습은 처음이었다. 수강생들로부터 그가 원하는 답을 얻지 못하자 다시 수강생 한 사람 한 사람에게 차례차례 다그치듯 물었다. 그리고 내 차례가 되었다.

"이 사진을 보고 무엇을 느꼈냐는 말입니다."

호령하듯 내게 말했다. 그 다그침에 밀려 얼떨결에 내 생각이 내뱉듯이 튀어나왔다.

"「사막」이라는 시詩요." 오르땅스 블루Hortense Vlou 라는 사람이 지은 이 시는 프랑스 지하철공사가 8000 대 1 현상모집으로 뽑은 작품으로 이렇게 딱 한 문장으로 되어 있었다. "그는 이 사막에서 너무도 외로워 가끔 뒷걸음질로 걸었다. 자기 앞에 찍힌 발자국

120

을 보려고"라고.

시는 사막이라는 단어를 빌려 시작과 끝이 없는 시간 속에 잠시 머물다가는 생명의 흔적을 적고 있는 듯했다. 시인은 스치는 바람에도 금세 지워져버리는 사막의 발자국을 우리네 삶으로 나타내며 누구에게나 있을 삶의 고독과 허무를 말하고자 함이 아니었을까.

물론 시란 한 사람의 마음을 그린 한 폭의 추상화 같은 것이라 느낌은 사람마다 다를 수도 있겠지만. K 교수가 찍은 사막 사진은 소름끼치도록 그 시를 닮아 있었다. 시의 제목과 사진의 소재가 같아서라기보다는 느낌 때문이었다.

K 교수는 「사막」이란 시에 비유한 나의 답을 듣고 소년 같은 호기심을 드러내며 크게 웃었다. 그 웃음의 의미가 무엇인지를 알지 못하여 마음이 불안했으나 그 불안이 가시기도 전에 그는 화면 속 사진을 포인터로 강조하며 제목을 알려주었다. 「아무도 없었다」라고. 생뚱맞은 이 제목은 순간 수강생들을 또 한번 생각의 혼란 속으로 빠지게 했다. 그러나 거기엔 심오한 뜻이 도사리고 있었음을 나는 그의 긴 설명 없이도 조금은 짐작할 수 있었다.

그가 찍은 사막은 그의 뷰파인더를 통해 처절한 외로움의 정체인 '아무도 없었다'로 이름지어진 것이다. 그 이름과 함께 사진 속 그의 사막은 더 이상 사전적 의미의 사막이 아닌, '삶의 본질'로 창작된 것 같았다.

'사진을 찍는다'는 것은 피사체가 이미 갖고 있는 정체의 틀을 깨고 나의 뷰파인더를 통해 새로운 사물로 이름지어 탄생시키는 작업이다.

예컨대 우리가 장미꽃을 대상으로 사진을 찍는다면 그때의 장미꽃은 이미 우리의 뷰파인더 속에서는 장미꽃이 아니고 다만 한 개의 이름 없는 피사체이다. 이름 없는 피사체는 내 뷰파인더를 통하여 셔터를 누르는 순간 다른 정체의 이름을 부여받고 그 이름으로 하여 새로운 창작물로 가치를 갖게 되는 것이리라. K 교수의 사막을 찍은 사진은 그에게는 더 이상 사전적 의미의 사막이 아니고 '아무도 없다'라는 창작물로 새로운 가치를 갖게 되었듯이.

고도로 발달한 기계문명의 산물인 디지털카메라를 매개체로 만들어진 사진, 그 한 장에 담긴 심오한 의미는 내게 신선한 충격을 주었다. 그러고는 빛으로 그리는 그림, 사진의 예술성을 깊이 바라보게 되었다.

메아리와 소음

— P 교수님께

교수님,

저는 지난 몇 달 동안 단 한 폭의 그림도 그리지 못했습니다. 그리지 않았다는 것이 더 솔직한 표현입니다.

어떤 한 세상에 대하여 아무것도 알지 못하던 어린아이는 그 세상의 언어를 배우며 언어가 이어주는 다른 것도 알아가고 있었습니다. 그 '다른 것'을 이해하고 받아들이기에는 내가 아직은 어린애였나 봅니다.

서구사회의 현대인들에게 한번쯤 자신을 뒤돌아보게 했을 책 『화요일은 모리와 함께Tuesdays with Morrie』를 쓴 미치 앨봄Mitch Albom의 또 다른 책『단 하루만 더for one day more』에는 이런 대화가 나옵니다.

"엄마, 메아리는 어떻게 생기지요?"

123

"그것은 원래의 소리가 없어져도 그 소리가 남아 있기 때문이란다."

"그럼 그 메아리를 들을 수 있을 때는요?"

"다른 소음騷音이 없어지고 난 후 주위가 조용할 때."

나무를 좋아하고 그 나무의 주인인 산을 좋아하는 것은 산에서는 내가 원할 때는 언제나 메아리를 들을 수 있기 때문이지요. "원래의 소리가 없어져도 내 소리가 남아 있는 곳"의 메아리 말입니다.

내가 나무를 그리고 싶은 것은, 나무가 사는 숲을 그리고 싶은 것은, 그 숲의 주인인 산을 그리고 싶은 것은 메아리를 통하여 잃어버린 나를, 내 소리를 찾기 위함이었습니다. 예술을 통해서는 세속의 것에 찌들어 잃어버린 내 원래의 한쪽을 찾는 것이 가능할지도 모를 것이라는 막연한 기대가 있었습니다. 어쩌면 그런 기대가 이렇게 늦은 나이에 그림을 배우게 만든 모티브가 되었는지도 모릅니다. 처음 제가 양손에 캔버스를 들고 교수님 강의실을 찾았을 적에 그리고 오랫동안 내 그림에 심취했을 때에 나는 분명 무슨 소리인지는 잘 모르겠으나 내 소릴 들을 수 있었습니다.

그런데 언제부터인가 더 이상 내 소리를 들을 수 없게 되었습니다. 그 소리를 들을 수 없어 혼란스러웠습니다. 그것이 자연적 현상일 텐데도 불구하고 말입니다. 그러고는 한참 후에야 생각이 났습니다. "메아리는 주위의 소음이 없어지고 난 후 아주 조용할 때 들을 수 있다"라는 사실을요. 새로운 세계의 언어를 배우며 그 속에 필연적으로(?) 내재하여 있는 소음에 초연할 수 없었습니다. 그 소음에 초연하지 못하는 부족함으로 내 소리를 듣지 못했던 것 같습니다. 내 소리를 듣지 못하는 나의 비주얼 언어는 교수님이 그리도 강조해주신 '맑고 순수'할 수가 없었습니다. 그 순수의 언어를 찾는 연습 대신 책을 더 많이 읽었습니다. 그림책도 많이 읽었습니다.

　그 와중에 교수님이 "아무런 감흥을 느끼지 못하셨다"라는 그 사람, '진 카보네티Jeanne Carbonetti'의 책『창의적 그림 속의 선禪The Zen of creative painting』은 작지만 내게 위로를 주었습니다. 색이나 선으로만 전달된 타인의 내면을 이해하고 공감한다는 것은 정말이지 주관적이며 추상적 느낌이 아닐 수 없다고 생각합니다. 더욱이 '커뮤니케이션을 위한 조형적, 문법적 구성과 수사법이' 종종 무시되는 요즘의 현대미술에서는 말입니다. 나는 그녀의 그림에서 맑은 영혼(?)이 참선禪으로 향한 긴 호흡으로 드리워져 있는 듯한 편안함을 느낄 수 있었습니다. 그것은 결코 내 등골을 오싹하게 만든 걸작들은 아니었습니다. 그러나 현란한 듯하나 맑고 투명한 색깔은 오히려 전체적으로는 편안하고 고요한 느낌으로 다가왔습니다. 더구나 그녀의 개칠되지 않은 색칠에서 표면의 불규칙한 요철의 거칢 없이도 충분히 그 속에 함축된 깊은 의미를 나름대로 느낄 수 있게 해주었습니다. 특히 그녀가 다시 그린 '윌리엄 터너W. Turner'의 〈저녁노을〉은 터너 자신의 그것보다 더 큰 감동을 주었습니다.

그녀의 그림을 닮고 싶었습니다. 모방하려는 것이 아닙니다. 저는 그녀가 많은 사람 속에서 세기를 거쳐 회자하는 '세잔느Cezanne'나 터너가 아닌 무명(?)의 화가인 것이 오히려 고맙습니다. 그들 같은 유명인은, '유명' 속에 이미 맑고 투명한 그들만의 순수한 언어는 객관화되지 않았을까 혼자서 생각을 해봅니다. 자기만의 언어를 잃어버린.

　저에게 있어서 그림은 마음과 생각을 옮겨놓은 한 편의 시입니다. 내가 그림을 그리는 것은 그림 속에서 내 소리를 듣고 싶어서입니다. 그런데 어느 날인가부터 강의실은 시끄러웠습니다. '유명한' 사람이 되기 위한 주위의 발버둥질 소리로. 그들은 어떤 큰 미술대회에서 상을 받아 유명해지기 위해 그림을 그리고 있었습니다. 유명한 작가의 그림을 모방하고 심사위원을 추측하여 그들의 스타일에 맞는 구도와 색깔 등을 찾는, 그들에게는 '내 것'보다 그들이 생각하는 유명인의 것을 화폭에 담는 듯했습니다. 나는 이런 소음을 견딜 수 없었습니다. 그런 소음으로 내 소리를 들을 수 없었기 때문입니다. 그래서 잠시 강의실을 떠났을 뿐입니다.
　저의 결강에 대하여 바쁘신 중에도 좋은 말씀 가득한 서신 주셔서 감사드립니다. 제가 붓을 잡고 또다시 빈 캔버스만 바라보는 마음의 혼란을 느낄 때면 쉽게 꺼내 다시 읽을 수 있게 내 뇌리의 손닿는 곳에 잘 간직해두겠습니다.

●

죽음의 색, 그 숭고함

나는 늘 불면증에 시달린다. 시달린다기보다는 어쩌면 즐기는지도 모른다. 모두가 잠든 오밤중은 아무것도 없다. 의식에서 해방된 자유로움만이 있다. 자유로움은 때론 나를 취하게 한다. 옛 생각에 취하고, 내 곁을 먼저 떠난 이들에 대한 그리움으로 취하고, 음악에 취한다. 그렇지만 나를 취하게 하는 자유로움은 언제나 외로움을 동반한다. 그럴 때 음악은 가장 친한 친구가 되어준다. 세상이 잠든 어둠 속에서 나 혼자만 불을 밝혀 음악을 듣노라면 그 소리[音]는 색[色]으로 다가온다. 색과 소리는 파동이라는 물리적 성질을 공유하고 있어 감각의 공유가 가능하지만 내게는 그런 과학적 원리가 아니더라도 때로는 소리가 그냥 색이 되어 다가온다.

소리에도 색이 있어 소리에서 색을 바라본다. 내게 느껴지는 바이올린 소리는 만지면 차가워 손이 시릴 것 같은 푸른 색이고, 피아노 소리는 눈에 뜨이는 밝고 투명한 주황색이며, 첼로의 소리는 북

청색이다. 조금 흠집이 있어도 표시가 잘 안 나는, 그래서 첼로의 음은 나를 편안하게 한다. 여러 소리가 합쳐진 협주곡의 색은 어떤 이도 따라 그릴 수 없는 현란한 한 폭의 추상화로 내 앞에 펼쳐진다. 그러나 어떤 음악에는 색이 없다. 그리고 또 어떤 음악은 단색으로 개칠돼 있다.

특히 천국의 소리로 들려오는 모차르트의 '대미사곡Great Mass, C minor K427'인 〈레퀴엠〉은 눈을 떠 쳐다볼 엄두도 낼 수 없는 짙은 붉은 색의 단색이다. 모차르트 최후의 미완성 작품이다. 자기 죽음을 예견했는지 사랑하는 연인을 위해 이 곡을 작곡하였음에도 완성하지 못했다. 이 곡을 듣고 있노라면 붉은 색은 천상의 소리로 종교적 계시와 같은 숭고함을 자아낸다. 내가 껴안았던 우리 언니의 죽음이 떠오르며 나도 모르게 두 손을 가슴에 얹고 눈을 감는다. 죽음, 그것은 분명 짙은 붉은 색이었다. 숭고함을 자아내는 '대미사' 〈레퀴엠〉의 합창소리 같은. 색면 추상화의 대가인 '마크 로스코Mark Rothko'는 강렬한 붉은 색을 가까이에서 한참을 쳐다보면 관람자는 그 강렬한 색으로부터 숭고함을 느낀다고 하였는데.

언니가 보고 싶은 불면의 밤에는 종종 이 대미사곡을 듣는다. 나를 끔찍이 예뻐해주던 우리 언니는 이 곡을 참 즐겨 들었다. 특히 일요일 오후 차 한 잔을 마실 때면 종종 이 곡을 듣고는 했다. 그런데 언니는 지금 이 세상에 없다.

어느 날 언니는 암에 걸렸다. 진단 결과를 언니는 가족 중 내게 제일 먼저 알려주었다. 순간 하늘이 무너져 내려앉은 듯 아무것도 보이지 않았다. 무너져 내려앉은 하늘 더미 밑에서 내 울음은 끝을 찾을 수 없었다. 평소 언니가 다니던 성당으로 달려가 하나님께 원망을 퍼부었다 "아니 하나님은 왜 울 언니같이 착한 사람한테 이런 병을 주셨나요. 더욱이 언니는 하나님을 믿고 따랐는데…"라고. 물론 원망의 궁극은 언니를 살려달라는 기도였다. 무릎을 꿇고 앉아 하나님께 애걸하듯 기도하면서도 나는 신의 존재를 의심했다. 언니처럼 나도 진심으로 신의 존재를 믿었다면 이렇게 슬픔이 주는 고통으로 방황하지는 않았을 텐데, 나는 왜 신의 존재를 믿지 못하는지, 불현듯 신앙을 가진 사람들이 부러웠다. 신앙은 인간이 절망의 임계상황 속에서도 자신을 위로할 수 있는 유일한 희망이 될 수 있을 텐데.

얼마나 시간이 지났을까 텅 빈 성당 안에서 조용한 성가가 들려왔다. 울고 있는 나를 본 신부님의 배려인 듯했다. 음악은 상처난 내 마음을 감싸안으며 위로해주었다. 용기를 내라고, 언니는 절대로 죽지 않을 것이라고.

언니가 세상을 떠나는 날까지 나는 의술로 할 수 있는 일은 다 알아보고 시도하며 언니의 절박한 상황과 맞붙어 싸웠다. 아무리 어려운 일을 겪더라도 언니는 분명 죽음에 이르지는 않을 것이리라 믿었다. 내 언니니까. 그러나 언니는 발병 1년 6개월 후 새벽 하늘이 맑던 어느 날, 우리와 영원히 작별했다. 나는 언니의 죽음을 받아들이지 못했다. '죽음'에 분노했다. 분노의 대상은 없다. 굳이 말하라면 인간이 그리도 외치던 과학문명으로 향한 분노였을 것이다.

대미사곡에는 언니의 죽음이 묻어 있다. 언니는 그 곡으로 내게 죽음의 숭고함을 가르쳐주고 있는 듯, 죽음에 대한 나의 분노도 서서히 사라져갔다. 죽음이야말로 생성과 소멸의 순환이라는 우주의 섭리를 우리에게 일깨워주는 자연의 알림이었을 것이라고. 그런데 그 어마어마한 우주의 섭리 앞에 하잘것없는 인간인 내가 과학문명을 앞세워 소멸의 자연스러움을 거역하려했던 것이 무리였다고. 그것이 내게 분노와 고통을 주었다고.

삶이란 죽음을 향하여 계속되는 변화의 움직임이라고 했다. 지구상에 모든 생명체는 절대로 그 실체를 영원히 그대로 갖지 못하고 죽음으로 향하여 '변화'하고 있는데 인간은 그 현상에 무뎌져 있다. 더욱이 그 변화를 미리 알지 못할 뿐만 아니라 생명체 자체는 변화를 통제할 수 없어 갑자기 마주한 죽음에 놀라고 분노한다.

언니의 죽음을 기억하며 나는 비로소 생명체의 생성과 소멸에 대한 자연의 섭리에 순응할 수 있는 여유도 따라 배웠다. 죽음은 거역할 수 없는 자연의 질서라는 것을. 그 질서에 순응해야 한다는 것이 생성된 피조물의 조건이라는 것을.

오늘도 나는 언니의 체취가 묻어 있는 모차르트의 대미사곡 〈레퀴엠〉을 듣는다. 곡은 또다시 붉은 색으로 전곡을 휘감으며 내게 죽음의 숭고함을 가르쳐주고 있다.

양정자

교육학 전공
2016년 『조선문학』 등단
가톨릭 시니어아카데미 문학의 향기 두레 2년 수료
문학의 향기 서포터즈 2년
문학의 향기 인스트럭트 2년
문학의 향기 동인지 『글쓰는 노년은 아름답다』 『시와 수상문학』 『하을, 들국화』 참여
E-mail : joyjj7@hanmail.net

그해 여름방학
흔들리던 등불
거북이가 살아났다

그해 여름방학

세월은 그림자를 지워가며 자꾸만 가고 있는데 추억은 푸르른 채 아름답기만 하다. 투명하게 부서지는 햇살이 짙푸른 감잎 사이로 비칠 때, 나의 꿈이 영글던 중학교 여름방학 때 일이 아른거린다.

넓은 토란잎으로 빗방울 받으며 장 박사(머리가 너무 좋아 돌았다는) 뒤를 짓궂게 쫓던 시절이었다. 그도 한때는 누구도 넘보지 못하던 꽃봉오리였을게다. 장 박사 이야기는 전설처럼 흘러다녔지만 또 전설처럼 아무렇지 않게 흘러지나갔다. 두 성씨의 집성촌에서 그들의 아버지 어머니가 동네 결혼하였으니 모두 친척이었던 마을에서 호연지기를 키우며 자랐다고 한다. 장 박사야 어찌되었든 하루도 쉬지 않고 흐르는 시냇물을 가로지른 둑방에는 커다란 느티나무가 마을을 내려다보며 늠름하게 서 있었다.

넓게 마을 안으로 펼쳐진 논 가운뎃길을 지나면 울타리도 없는 호디기할머니 집 마당을 지나 동네로 들어선다. 호디기할머니 남편은 징용가고 외아들은 아편중독으로 그 많던 재산을 몽땅 탕진한 채 집을 나가 여태 소식이 없다. 호디기할머니는 친정 동네로 돌아와 동네사람들한테 보살핌도 받고 배급도 타먹으며 울타리도 대문도 없는 집에서 살고 있다. 우리 할머니와는 먼 집안 시누올케 사이로 호디기할머니는 우리 할머니를 성님이라고 부른다.

중학교 여름방학이 시작되자마자 나는 가방을 싸들고 곧바로 할머니 댁으로 달려갔다. 마을에 지천으로 피어 있는 하얀 개망초 꽃들. 미루나무에서 울어대는 매미소리. 산허리 길 위에 환하게 피어 있는 찔레꽃…. 모두가 정겨운, 우리 할머니 동네에서나 볼 수 있는 풍경들로, 길을 걷는 나의 발걸음이 절로 신이 나서 더욱 가벼웠다.

대문을 힘주어 삐걱, 하고 열자 "우리 언년 아녀?" 하며 할머니가 한걸음에 달려나왔다. 우리는 몇십 년쯤 헤어졌다가 만난 가족처럼 서로 부둥켜안고 얼굴을 부비며 애정을 확인했다. 할머니는 한여름 먼 길 걸어온 나를 우물가로 데려가 끝까지 우겨서 등목까지 시켰다. 땀과 흙먼지로 꼴이 아니었던게다. 시원하게 씻은 나는 열무김치와 고봉밥을 한 상 차려온 할머니 밥상을 끌어안고 시장기를 달랬다. 할머니는 연신 부채질해주면서 그 많은 밥을 끝까지 먹도록 내 얼굴을 뚫어져라 쳐다보셨다. 시장기를 달랜 나는 나머지 밥을 건성으로 먹는 둥 마는 둥하면서 할머니 눈치를 살피다가 숟가락을 놓고는 친구들을 만나러 마을로 나갔다.

느티나무 아래서 반겨주는 순한 고향 친구들과 만나 밀가루를 거

뒤 빵을 만들어 먹기로 했다. 각자 집에서 가져온 밀가루를 반죽했다. 물과 밀가루 비율이 맞지 않았던지 반죽이 질었다. 우리는 밀가루 배급을 탄다는 호디기할머니 집으로 달려갔다.

"할머니, 이 빵을 쪄야 하는데 큰솥 좀 빌려주세요. 반죽이 질어졌으니 밀가루도 좀 주시고요."

"낭구(나무)는?"

"저어기요."

나는 우리 할머니 밭둑에 보리짚단을 가리켰다.

호디기할머니는 "어엉" 하면서 밀가루가 있는 항아리를 알려주고 솥을 가리키면서 밖으로 나가셨다. 곧바로 그 할머니 뒷방 항아리 밀가루로 반죽을 고치고 우리 할머니네 보리짚단을 여럿이서 끌어다가 빵을 쪘다. 빵은 왠지 기대했던 것보다 맛이 없고 양도 엄청 많았다. 누구도 그 빵을 더 먹으려하지 않았다. 방안 상 위에 물 한 대접과 그 빵을 호디기할머니 잡숫게 모두 올려놓고 우리는 보축으로 먹감으러 나갔다.

밤이면 복숭아 사먹으러 이웃 동네도 가고 노래자랑 하는 동네로 여럿이 밤길도 걷고, 모여서 감자도 쪄먹고 하면서 시간 가는 줄도 모르게 노는 데 정신이 없었다. 매일을 새롭게 놀다보니 방학이 얼마 남지 않아 방학숙제와 일기쓰기가 다급해졌다. 할머니 기억을 빌려 일기는 날짜만 바뀌가면서 '갬' '흐림'을 대충해서 메워놓고 서둘러 식물채집하러 약수터 있는 산으로 갔다.

축축한 자갈로 경사진 계곡을 오르며 나무 밑에 예쁘게 자라고 있는 식물을 잘 뽑아 한 움큼 쥐고 허리를 펴려고 할 때였다. 스스륵 소리와 함께 무언가 내 앞을 알짱거리는 느낌이 들었다. 뱀이었다. 뱀이 내 앞에서 긴 혀를 날름거리고 있었다. 깜짝 놀라 돌아서려다가 그만, 그대로 언덕을 때굴때굴 굴렀다. 가시덤불에 걸친 채 정신차리고 일어나보니 이곳저곳 온몸에서 피가 흐르고, 나는 빈손이었다. 집으로 온 그날, 밤새 얼굴이 가렵더니 눈이 감길 정도로 얼굴이 팅팅 부었다. 할머니 말로는 나무숲에서 옻이 오른 거라고 했다.

할머니는 곧장 동네서 욕을 제일 잘한다는 도람말할머니 부엌으로 몰래 가서 큰솥 가시는 솔(솔뿌리로 만든)을 몰래 훔쳐다가 까맣게 태워 참기름에 섞어 내 얼굴 전체에 바르고 큰 앞치마를 목에 둘러주셨다. 나는 그때부터 밖에도 못 나가고 누가 집에 오면 아무도 모르게 숨어지내면서 할머니하고만 보냈다. 대청마루에서 뒹굴다가 대문 소리가 삐꺽, 하고 들리면 건넌방으로 잽싸게 들어가 사람들을 피하곤 했다. 문틈으로 사람들이 물러나고 난 다음에야 다시 대청마루로 나왔다. 죽을맛이었다.

어두운 밤이 되자 친구들이 나를 만나러 할머니네 담장 밑으로 왔다. 우리는 동네 앞 느티나무 밑에서 다른 친구들과도 다시 만났다. 그때서야 내 모습을 본 친구들은 눈물을 짜내면서 웃어댔다. 아예 배를 움켜쥐고 데굴데굴 구르는 친구도 있었다. 뭐라고 한마디

해주고 싶었지만 거울로 본 내 얼굴은 내가 봐도 웃겼다. 그들 따라 나도 또 한바탕 웃었다. 그때는 날마다 만나도 왜 그리 할 말들이 많았는지 해도 해도 이야기보따리는 줄어들지를 않았다.

여름밤이 깊어지자 갑자기 소낙비가 쏟아졌다. 우리는 그대로 쏜살같이 뛰어 가까운 호디기할머니 집 마당에 도착했다. 빗줄기는 더욱 거세졌다. 비가 그만해질 때까지 호디기할머니 마당 뜰 위에서 피해 있기로 했다. 거세지는 빗소리와 함께 이상한 소리가 들렸다. 호디기할머니 방안에서 홍얼홍얼하는 소리가 들려왔다. 갑자기 그 할머니 신세가 나락으로 떨어져서 화를 못이겨 청승떠는 소리가 저절로 나오는 거라고 사람들이 말하던 게 생각났다.

"야! 저 청승떠는 걸 우리가 고쳐줄까?" 한 친구가 결기에 찬 목소리로 나직이 말했다. 그 말이 끝나기가 무섭게 다른 친구가 부엌에서 빗자루를 들고 나와 호디기할머니 방 문살을 드르륵 드르륵 긋고는 "청승떠는 사람 잡으러왔어. 자꾸 그런 소리 낼 거야? 시끄럽게!" 하는 거였다. 그때 호디기할머니의 청승떠는 소리가 쏙 들어가고 조용해졌다. 우리는 하도 우스워서 부엌으로 달려가 실컷 웃다가 그 집을 나왔다. 그때 호디기할머니가 방안에서 문고리를 걸어 잠그는 소리가 딸그락 딸그락 들리다가 다급하게 숟가락을 놓쳤는지 땡그렁, 하는 소리가 이어서 들려나왔다. 그 집을 벗어나면서도 우리는 까르르 까르르 웃음을 쏟아냈다.

이튿날 새벽, 약수터에 가서 깨끗이 세수하고 돌아와서 할머니표 까만 약을 바르고 앞치마를 둘렀다. 할머니와 대청마루에 앉아 있는데 삐꺽, 하고 대문 여는 소리가 들렸다. 나는 재빨리 건넌방으로 들어가서 문틈으로 밖을 내다보았다. 호디기할머니가 마루 끝에 걸 터앉으며 "성님! 엊저녁 늦은 밤, 비가 오는데 남잔지 여잔지 모르는 이가 나에게 호통치며 문을 부술라고 해서 한숨도 못자고 새벽서야 겨우 눈 좀 붙였어요" 하는 것이었다. "뭐~ 뭐라구?" 할머니는 잠시 생각에 잠기는가 싶더니, "예부터 그 집터가 좀 쎄다는 소리가 있었지. 그 큰놈의 짓 아닌가?" 하며 호디기할머니 손을 잡아주었다. "그, 그럼 우리 집 뜰팍까지 그게 왔다구요?" 호디기할머니는 불안에 떨면서 우리 할머니 손을 꼭 잡았다. 나는 문을 활짝 열고는 "할머니, 그 큰놈이 뭔데, 응?" 하면서 물었다. 호디기할머니가 내 얼굴에 크게 놀랐는지 "에그머니나" 하면서 뜰팍으로 털썩 내려앉았다. 우리 할머니가 껄껄대고 웃으시자 호디기할머니가 얼굴을 마루 끝에 대고 눈만 빠꼼이 나를 보며 "쟤는 언제 왔대? 아니 왜 저러고 있대?" 하는 것이었다. 나는 얼른 문을 닫으며 아차 했다. 할머니는 설명 없이 웃으며 담뱃대만 뻐끔뻐끔 빨고 계셨다.

나는 뒷문으로 나가 감나무 밑에서 서성이며 처음부터 생각을 더 듬어보았다. '그래, 간밤에 우리가 한 짓은 도깨비나 할 짓이었지, 사람이 그렇게 해서는 안 되는 거였어. 무서워서 잠을 못 잤다니, 어쩜 좋아. 사람이 그런 몹쓸 짓을 어떻게 할 수 있나.'

두 할머니는 사람이 아닌 도깨비짓이라고 했다. 사람이 할 짓이 아니라고 했다. 우리의 실체를 두 어른이 아신다면, 우리 할머니도 호디기할머니도 뭐라고 하실까? 그 후로 나는 호디기할머니께 미안한 마음이 있어서 인사도 잘하고 다정하게 해드리며 오랫동안 속죄를 했다. 우리 할머니께도 앞으로 도깨비짓이나 하는 손녀는 되지 말자, 하며 주먹을 꼬옥 쥐고 다짐했다.

흔들리던 등불

삶을 제대로 느끼며 살지 못해도 계절은 어김없이 찾아온다. 계곡의 녹음도 색색이 옷을 갈아입는 초안 산자락. 아침 일찍 배드민턴 가방을 메고 낙엽 밟으며 그 길을 오른다. 제자리 선 나무도 말없이 잎을 떨구고 홀로서기하는 계절, 시나브로 자연이 된 나를 보며 빙긋이 웃어본다.

쌓여가는 낙엽을 보니 문득 푸르렀던 지난 여름이 생각난다. 은퇴할 나이에 배드민턴을 시작한 후 별일이 없는 한 매일 산을 올랐다. 약수터를 지나 떡갈나무 오솔길을 숨가쁘게 오르면 창경궁이 보이는 방향으로 봉분과 상석이 세워진 내시들 묘지가 있다. 그 앞에 앉아서 한숨 돌리고 그 길을 오르면 능선 헬기장 못미처 '배드민턴클럽' 간판 아래 다져진 넓은 운동장이 펼쳐져 있다. 운동장 둘레에는 계절 따라 벚꽃과 아카시아꽃이 서로 어울려 피어나고 뿜어져 나오는 향기는 낙원처럼 행복을 안겨주었다.

●

30년지기 지인들이 클럽 구성원의 반이 넘는 우리 단체는 대회마다 우승을 많이 해서 회원들의 자부심이 무척 크다. 겨울이면 소금을 머리에 이고 등에 지고 퍼올려 땅이 얼지 않도록 다지고, 여름이면 수로를 내고 모래를 깔아 노동 후 산에서 컵라면과 맥주 한 잔으로 팀워크를 다지며 서민의 행복을 스스로 즐기는 회원들이다. 운동장이 가까워질수록 스매싱 기합 소리와 웃음소리가 정겹다. 손뼉 치는 소리에 매번 발걸음을 재촉하곤 한다.

　녹음이 한창 짙어가던 지난 여름, 예사롭지 않게 운동장이 웅성거렸다. 무슨 일인가 싶어 들어서니 이게 웬일인가. 사람들로 둘러싸인 그 안에서 심폐소생술을 하고 있지 않는가. 운동하다 쓰러진 회원을 같은 회원이자 비번인 소방대원이 갈비뼈가 부러져라 눌러대며 땀을 비오듯 쏟고 있었다. 생生과 사死 사이에서의 힘겨운 사투! 여러 사람이 곁에 있어도 살아남는 건 본인 혼자만의 몫. 연락받은 구급대원들이 장비를 들고 숨차게 올라왔다. "손을 떼면 호흡이 멈추니 헬기로 이송해야겠습니다" 땀을 쏟는 대원이 다급하게 소리쳤다.

　삼삼오오 흩어져 불길한 예감을 애써 누르는데, 운동장엔 무거운 공기가 가득했다. 얼마 후 기다리던 헬기가 산 위로 떴고 모두가 환호성을 지르며 반겼다. 허나 요란한 소리와 바람만 일으킬 뿐, 착지를 못하고 머리 위를 빙빙 도는 것이 급한 마음에 애만 탔다. 나뭇가지가 많아서 헬기의 날개를 허락하지 않았던 것이다. 한참을 시도하다가 영화에서나 본 듯한 장면이 펼쳐졌다. 소방대원이 환자를 안고 줄에 의지해 대롱대롱 매달려 헬기에 탄 후 헬기장이 있는 가까운 병원으로 떠났다.

젊고 건강하게 보이던 겉모습. 매일 아침 농담으로 우리를 웃게 하던 사람. 우리는 회원의 안녕을 빌면서 몇 명씩 택시를 나눠 타고 병원으로 향했다. 기다리던 수술실 문이 열리고 의사선생님이 나왔다. "응급조치 선에서 우선 수술했는데 장애 등 앞으로의 일은 장담 못하겠습니다. 응급실에서 중환자실로 이동했습니다."

초록색 가운의 집도의는 설명을 끝내곤 바삐 가버렸다. 모두 물러나 한참을 우울해했다. 각자 나이가 나이인지라 자기의 맘속에 회의와 삶의 공허를 담는가 싶었다. 사람의 생사는 신이 결정하는 것인지, 이럴 때는 기도밖엔 할 수 있는 것이 없었다. 우리 나이에는 의사도 신처럼 보인다. 그래서 의사 가운을 입고 있으면 그저 매달리고 싶어진다. 그날 집도의를 보면서도 우리 회원들은 그런 마음이었다.

다음날, 그 다음날도 평소처럼 운동장에서 운동은 계속되었다. 그러면서도 하나같이 그 회원의 쾌유를 빌었다. 커피잔만 들어도 쾌유를 비는 바람이 통하였는지 어느 날 장애 없이 회복되어 퇴원 준비 중이라는 소식이 전해왔다. "와~아~!" 모두가 서로 손뼉을 마주치며 축하했다. 한마음이라는 건 이런 것이었다. 함께 땀 흘리며 마음을 다하고 운동으로 신뢰를 쌓는다는 건 이런 거였다. 신속하고 현명하게 최선을 다한 작은 거인 도봉구 소방대원님께 모두가 고마움을 표했다. 같은 하늘 아래서 함께 운동하며 숨쉬고 있음이 자랑스러웠다. 소방서 홈페이지에 들러 감사하다는 글도 남겼다.

수북하게 쌓인 낙엽처럼 우리의 우정도 우리라는 이름으로 수북하게 쌓여지기를 기원한다. 헬기가 날았던 하늘엔 어느새 은색 눈발이 평화롭게 나리는 중이다. 우리로 살아간다는 것에 대하여 생각하는 하루가 이처럼 충만할 줄이야.

거북이가 살아났다

중학교 겨울방학 때 일이다. 아침에 일어나니 밤 사이 함박눈이 소복하게 쌓여 있었다. 마을 앞 느티나무에도 지붕 위에도 길 위에도 세상이 온통 새하얗게 변했다. 하얀 눈과 함께한다는 것이 이렇듯 아름다울 수 있다는 것을 처음 알았다. 하늘과 땅 사이 순백의 영혼. 이 모든 걸 마음에 담으면 얼마나 깨끗할까 싶은 생각에 저절로 신선해지는 아침이었다.

라디오에서는 캐럴송이 경쾌하게 흘렀다. 심심한 사람들에게도 그날만은 즐거움이 절로 찾아올 것 같았다. 지난 장날 인편에 소식을 보내온 이웃 동네 친구가 떠올랐다. 다가오는 크리스마스 저녁에 그 동네 교회로 놀러오라는 전갈이었다. 무슨 일인가 갸우뚱했다. 절에 다니는 집에서, 더더구나 저녁에 타동네에 있는 교회에 가는 건 어른들한테 야단맞을 일이었다. 그래도 흰 눈이 온 세상을 뒤덮고 캐럴송이 울려대는데 집에만 있기는 따분했다.

이른 저녁, 이부자리를 펴놓고 마을 뒤 감나무 아래서 동네 친구들과 모여 이웃 동네 교회로 출발했다. 수북하게 쌓인 눈길을 걷는 기분이 상쾌했다. 언젠가는 서로 다른 길을 걸어갈 친구들. 우리들만의 세상은 신비하고 찬란했다. 누가 먼저랄 것도 없이 야호! 하고 소리지르면 어디선가 야호! 하고 메아리가 대답했다.

교회에 도착하자 전도사님이 쉰 목소리로 반기셨다. 예수님이 탄생하신 날. 돌아가셨다가 살아나신 분이란 말씀도 하셨다. 서로 축복의 인사를 나누고 다과의 시간을 끝낸 후 그 동네 또래들과 함께 교회에 놀러오라고 소식준 그 친구 집으로 몰려갔다. 방안 가득 빙 둘러앉아 게임에서 틀리면 노래하며 밤 깊어가는 줄 모르고 놀다가 그 집 할머니가 돌아가는 밤길을 염려하시자 모두 자리서 일어났다. 친구 할머니는 집안끼리 아는 사이라면서 밤길 조심을 당부했다. 친구 삼촌이 손전등을 내 손에 들려주며 켜고 끄는 방법을 가르쳐주셨다.

처음 가져보는 손전등이 신기해서 오는 길에 켜고 끄고를 반복했다. 고개 넘어 시냇물 흐르는 산허리 둘레길로 들어서자 멀리 맞은 편에서 우리들 쪽으로 누군가 걸어오는 모습이 흐릿하게 보였다. 우리는 서둘러 길 위 산쪽으로 올라가 숨죽이며 길 아래를 내려다보고 있었다. 발 아래로 사람이 가까워지자 그가 누구인지 손전등을 켜서 얼굴에 비췄다 "으악" 하는 비명과 함께 그는 그대로 털썩 주저앉았다. "거북이다! 깔깔깔" 여자애들 웃음소리가 밤공기 타고

이 산 저 산 메아리 되어 크게 울렸다.

"거북거북 놀아라, 천세만세 놀아라."

아이들이 쫓아가며 놀려대면 "에잇, 이놈들" 하고 뒤쫓아가다가 이히히 웃고 마는, 그렇게 아이들과 놀아주는 우리 동네 어른이다. 생각과 행동이 느려서 애나 어른이나 한결같이 동네에선 그를 '거북이'라고 부른다. 심성이 착한 거북이는 일을 잘했고 동네사람들은 그를 잘 챙겨주었다.

얼마 후 일어나서 갔으려니 하고 산에서 내려와 그 자리를 비췄는데 거북이는 아예 그 자리서 뒤로 벌러덩 누워버렸다. 약속이라도 하듯 우리들은 또 깔깔깔 웃어댔다. 그때 메아리도 깔깔깔, 우리를 따라 크게 웃었다. "야! 웃지 마아…." 우리 중 누군가 소리쳤다. 나는 거북이가 기절해서 일어나지 못할까봐 갑자기 덜덜덜 떨었다. 무슨 생각인가 하다가 문제의 손전등을 옆사람에게 들려줬다. 산속 추위가 몸을 파고들어 더 떨렸다. 서둘러 산길을 내려가는 길에 옆 친구가 거북이 있는 곳으로 손전등을 비추자 그 자리엔 거짓말처럼 아무도 없었다.

"거북이가 살아났다. 거북이가 살아났어!"

"야호! 야야호! 거북이 부활이다."

"거북거북 살아라, 천세만세 살아라. 하하하 하하하."

다행이었다. 거북이는 살아서 도망친 것이었다. 우리들 웃음소리 따라 이 산 저 산 메아리도 하하하 하하하 웃어댔다.

●

찬바람이 불었다. 바람 타고 눈발이 날렸다 양손으로 귀를 막았는데도 귀가 떨어져나갈 듯 시렸다. 따스한 이부자리 해놓은 아랫목이 그리웠다. 언 발로 걸음을 재촉했다. 눈은 쉬지 않고 내렸다. 바람도 덩달아 불어댔다.

그날도 함박눈은 계속해서 내렸다.

이경숙

초등학교 교감 정년퇴직
『인간과문학』 수필 등단(2024)
인간과문학작가회 회원, 한국시낭송치유협회 회원
E-mail : slks007@naver.com

그날의 사진

앨범을 정리하다가 사진 한 장을 보며 멈칫한다. 지금보다 훨씬 젊었을 때의 남편과 내가 한라산 정상비 앞에 어색하게 서 있다. 불만이 가득 차 보인다고 할까. 무슨 할 말이라도 있어 보인다고 할까. 우리 둘은 그런 모습으로 어정쩡하게 서서 사진을 처음 찍는 사람들처럼 마냥 우스꽝스럽다.

20년 전 우리 부부는 여름휴가를 이용하여 한라산을 등반했다. 제주항을 출발한 버스는 오전 9시 30분 성판악에 도착했다. 버스에서 내린 40명이 제각각 한라산을 향해 출발하였다. 초입부터 돌멩이가 많은 산길은 걸음을 더디게 했다. 일행들이 하나둘 서둘러서 우리를 앞질러갔다. 남편은 다른 사람들이 앞지르든 말든 자기 페이스대로 걸었다. 나는 조바심이 났다. 12시까지 진달래대피소에 도착하려면 남편의 속도로는 어림없어 보였다.

설상가상 그는 40분 정도 걷고는 쉬어간다고 했다. 보통 1시간

정도 산행을 하고 10분 정도 쉬는데, 이 길은 돌길이라 다리에 더 무리가 가니까 40분 걷고 쉬어가야 한다나? 나는 조금만 더 올라가서 쉬자고 달래봤지만 나보고 먼저 가라면서 아예 자리를 잡고 앉아버렸다. 남편과 오손도손 얘기나누면서 걷다가 경치 좋은 곳에서 사진도 찍으려고 했는데, 나의 작은 꿈은 초입부터 깨지기 시작했다. 점점 뒤처지는가 싶더니 우리가 40명 중에 꼴찌였다.

남편은 자기 페이스대로 걸어 계획한 시간 안에 목적지에 도착할 사람이다. 다른 건 몰라도 무리에 피해줄 사람이 아니기 때문이다. 그걸 알면서도 나와 보조를 맞추지 않는 남편한테 서운했다.

다른 남자는 대부분 앞서거니 뒤서거니 하면서 힘들어하는 아내를 다독이며 올라갔다. 풍광이 좋은 곳을 만나면 구도를 잡아가며 멋지게 사진기에 담아주었다. 나는 그들 사이에 끼어 가는 것이 편치 않았다. 아무리 재촉해도 요지부동인 남편이 원망스러워 속이 부글부글하다가 급기야 짜증이 나기 시작했다. 이게 뭐야. 내가 그리도 원했던 남편과의 등반이 이런 거였어? 내 안의 나와 다투다보니 주변의 경관은 눈에 들어오지도 않았다. 머리까지 지끈거렸다.

나 혼자서 진달래대피소에 12시 전에 도착했다. 도시락 먹을 자리는 먼저 온 사람들이 다 차지하고 있어 적당한 자리가 없었다. 마침 일어나는 사람이 있어 그곳에다 자리잡고 있으려니 남편이 올라왔다. 우리는 서로 멋쩍어하며 도시락을 꺼내서 먹기 시작했다. 입맛이 달아나 꾸역꾸역 먹으려니 체할 것 같았다. 도시락 뚜껑을 닫

아버렸다.

　다시 산을 올랐다. 끝내 자기 속도대로 올라올 참인지 남편은 여
전히 뒤에 처져있었다. 나는 다른 사람들과 맞춰서 정상에 도착했
다. 관음사에 17시까지 도착하려면 서둘러서 인증샷을 찍고 하산해
야 하는데 남편은 보이지 않았다. 초조한 마음으로 배낭 속에서 카
메라를 꺼냈다. 올라올 때 남편과 같이 사진 한 장 찍지도 못했으니
미우나 고우나 정상비에서는 같이 꼭 찍어야 했다. 주변 풍광을 향
해 셔터를 눌렀다. 카메라가 사진이 찍히지 않고 헛도는 듯했다. 출
발 전 집에서 새 필름을 끼웠는데 그때 필름을 잘못 넣었나? 열어볼
수도 없고 다른 방법이 떠오르지 않았다.

　올라올 때 시종일관 불편했던 내 마음이 배낭 속 카메라에 고스
란히 전달되었는지 카메라마저 말썽이었다. 백록담 물은 파랗게 나
를 반기고, 한라산 정상비는 사진을 찍는 사람으로 붐비는데, 이런
것들을 카메라에 담을 수가 없다니 허망했다. 고장난 카메라를 보
면 남편이 뭐라 할까. 이제껏 속도를 맞추지 못한다고 남편을 탓하
기만 했던 내가 카메라 때문에 한소리 들을 걸 생각하니 난감했다.

　뒤늦게 정상에 오른 남편이 말없이 백록담 앞으로 가더니 아래를
한참 내려다보다가 나한테로 다가왔다. 그때까지 내 손에는 카메라
가 들려 있었다. 점점 가까워지는 남편이 이제는 두려워졌다. 사정
도 모르고 사진을 찍어주겠다며 그가 카메라를 달라고 했다. 나는
그제야 사진이 안 찍히는 것 같은데⋯. 말끝을 흐리면서 카메라를

●

건네주었다. 남편이 멈칫하더니 카메라를 받아서 셔터를 여러 번 눌러보았다. 이상한 기미를 느꼈던지 말없이 카메라를 건네주고는 적당한 곳에 자리를 잡고 앉았다. 아무 말도 안 하는 그가 고마웠지만 허탈한 마음은 가누기가 힘들었다.

그때까지 누군가 우리를 눈여겨보고 있었다. 부부 한 쌍이 다가와 여기까지 왔는데 인증샷은 찍어야지요. 하면서 메일 주소를 알려주면 사진을 보내주겠다고 했다. 아, 성판악에서 올라올 때 그들은 서로 오손도손 앞서거니 뒤서거니 하면서 내 비위를 건드렸다. 사라졌나 싶으면 또 나타나고 안 보인다 싶으면 저만치에서 내 신경을 들쑤셨던 이들이다. 나는 겸연쩍었지만 인증샷이 절실했다. 싫다는 남편을 겨우 달래서 한라산 정상비를 배경으로 사진을 찍었다.

한 장뿐인 남편과 나의 한라산 등반 인증샷. 뭐라 설명할 수 없는 두 사람의 모호한 표정. 그날 우리들 감정이 그대로 얼굴에 남아 있는 평범하지 않은 사진 한 장이 오히려 귀한 추억이 되었다.

엄마와 달력

　11월 중순이 되면 엄마에게서 전화가 온다. 신년도 달력을 수집해야 하니 미리미리 달력 나오는 날짜를 알아보라는 거다. 딸 넷 중에 엄마의 달력 수집을 맡아하는 딸은 큰딸인 나와 서울에서 엄마와 같이 살고 있는 둘째 여동생이다. 나와 동생은 각자 엄마의 거래 은행이나 약국 등에서 신년도 달력 배부날짜를 알아보고 엄마께 보고한다. 엄마는 메모를 해두고, 배부일이 다가오면 너희도 날짜 잊지 말라고 몇 번이나 전화를 한다.

　그날이 오면 아침 일찍 서울 엄마네로 간다. 엄마는 여러 개의 통장을 주면서 빠뜨리지 말고 잘 다녀오라고 당부한다. 거래 농협은 꼭 통장을 확인하고 달력을 배부하기 때문에 통장을 반드시 지참해야 한다. 우리는 자칫 달력을 차지하지 못할까봐 바삐 서두른다. 집 근처 농협은 물론, 다른 거래 은행과 약국까지 여기저기 다니면서 달력을 챙긴다. 지하철을 타고 엄마가 입원했던 병원 근방 약국까지 들른다. 우리의 달력 수집은 거의 일주일에 걸쳐서 이루어지는데, 각기 달력 배부일이 조금씩 다르기 때문이다. 달력 수집이 마무리되면 엄마는 빠뜨린 곳은 없는지 일일이 확인한다. 엄마가 심부름 잘했다고 맛있는 밥을 사주면 비로소 우리 임무는 끝이 난다.

이후부터 엄마 손이 바빠진다. 수집해온 달력을 펼쳐놓고 한 달씩 있는 것, 석 달씩 있는 것, 탁상용 등으로 분류한다. 다음으로는 크기별로 나누고 분류가 끝나면 엄마 영역인 안방에 걸어둘 달력을 먼저 고른다. 그 외의 곳은 모녀가 상의하여 골라놓는다. 동생은 안방과 거실에만 걸자하고 엄마는 곳곳에 걸어두고 싶어해서 서로 옥신각신한다. 결국 엄마의 성화에 못이겨 달력을 걸다보니 거실, 방, 서재, 식탁 앞, 주방, 심지어 화장실까지 달력 풍년이다. 엄마가 필요한 달력을 고르고 나면 나머지가 딸들 몫이다.

방에서 나온 엄마는 빼곡하게 기록해둔 수첩을 펼쳐놓고 선대의 기일, 가족의 생일, 기념일 등을 확인한다. 그 외 기억해야 하는 날들도 살핀다. 그런 다음 안방에 걸어둘 달력에는 색연필을 꺼내 빨강과 파란 색으로 동그라미를 그린다. 파란 동그라미는 기일이고 빨간 동그라미는 가족의 생일이나 기념일인 것쯤은 딸들도 다 안다. 엄마 개인이 기억해야 하는 날들은 주로 병원 정기진료일과 딸들, 사위들, 손자들과 데이트하는 날이다. 이것들은 그때그때 추가로 다른 색의 동그라미로 표시된다. 엄마의 병원 진료일은 동생이 모두 챙기는데도 굳이 달력에다 표시를 해둔다.

구순 넘은 엄마가 자그마한 몸을 숙여 달력을 넘긴다. 색연필을 잡은 손에 힘을 주어 동그라미를 정성껏 그린다. 한참이나 동그라미를 쳐다보고 또 쳐다보고는 천천히 넘겨서 동그라미를 그린 다음 그것을 물끄러미 바라본다. 입도 가끔 오물거린다. 마치 동그라미 속 주인공들과 대화를 나누는 것만 같다.

 그동안 엄마의 시선이 가장 오래 머무는 동그라미는 파란 색으로, 아버지의 기일이었는데 몇 년 전부터는 빨간 색으로 바뀌었다. 엄마가 핏덩이 때부터 10여 년 동안 길러준 손자들의 생일 날짜 앞에서 가장 많이 멈춰 있다. 40년 전 핏덩이를 받아 키우던 그때의 기억을 소환하고 있는가보다. 손자들이 성장하여 결혼하고 증손자까지 안겨준 요즈음도 엄마의 손자 사랑은 남다르다. 한참 정지해 있던 엄마의 색연필이 다음으로 옮겨가면서 달력에는 알록달록 동그라미들이 춤을 춘다.

 엄마의 신년 달력 수집은 나와 동생이 퇴직 후부터 맡아온 연례행사이다. 올해도 11월 중순이 다가오자 엄마는 달력을 챙겨야 한다고 여러 차례 전화를 하셨다. 딸들도 주고 손자들도 주어야 하니 넉넉하게 준비해야 한다면서.

 우리 집에는 해 지난 달력이 쌓여 있다. 엄마가 신년 달력을 나눠줄 때마다 동생들이 필요 없다면서 가져가지 않은 것들이다. 동생들이 마다하면 엄마 얼굴은 금방 어두워진다. 내가 많이 필요하니

●

다 가져가겠다고 하면, 금세 얼굴이 환해지면서 손자들도 하나씩 나눠주라고 한다. 나도 달력이 크게 필요한 것은 아니지만 엄마가 서운해하는 모습이 마음에 걸리고, 이렇게라도 엄마의 달력 수집이 앞으로도 계속되기를 바라서다.

가져온 달력을 펼친다. 엄마 얼굴을 떠올리며 그중 아담한 것 하나를 골라 주방으로 가져간다. 기억해야 할 날짜를 찾아 엄마처럼 색연필로 동그라미를 그린다. 내 달력에도 알록달록 동그라미가 춤을 춘다.

헌책방을 찾아서

서점에 들렀다. 내가 살고 있는 곳에서 가까운, 주변에서는 제일 큰 영풍문고이다. 구입하고자 하는 책 제목을 점원에게 불러주었다. 컴퓨터로 검색한 그는 책이 없다는 말과 함께 이제 절판되어서 구하기도 어려울 거라고 했다.

집에 와서 컴퓨터로 검색하니 점원 말대로 전국 어느 서점에도 재고가 없었다. 그렇다면 어디서 구해야 하나…. 바로 중고서적 사이트가 생각났다. 그때부터 내 손가락은 가속이 붙었다. 다른 누가 그 사이 내 것일 수 있는 책을 가져가면 어쩌나, 하는 불안감이 밀려왔다. 마음은 급하고 속도는 그 마음을 따라가지 못했다. 엔터키를 누르니 딱 1권이 남아 있었다. 거의 새것과 같은 책. 가격은 10만 원이었다. '진품명품'도 아니고 정가보다 배가 비싸다니 말도 안 되었다. 남이 채갈까 싶어 일단 장바구니에 담아두었다.

장점인지 단점인지, 나는 책에 대한 욕심이 많다. 특히 요즈음은 필요한 책이라면 구입을 우선으로 하고, 읽는 것은 차후로 미룬다. 그래서일까. 읽지도 않은 많은 책들이 책장에 꽂힌다. 책이 많아지면서 내가 좋아하는 작가들의 유고작이 책장 한켠으로 밀려난다. 당장 필요한 책이 자꾸 생겨 책장이 부족할 지경에 이르렀다. 그래도 사고 싶은 책이 생기면 망설임 없이 지갑을 연다.

장바구니에 담아둔 책 가격이 아무래도 부담된다. 선뜻 구입하기가 꺼려지던 차에 헌책방이 떠올랐다. 젊어서 자주 찾곤 했던 곳. 직접 가서 원하는 책을 찾아볼 생각으로 알고 있는 헌책방을 검색했다. 청계천, 을지로 등 예전과 달리 헌책방 수가 많이 줄어들어 몇 안 되는 책방이 근근이 명맥을 유지하고 있었다. 장바구니에 담아둔 책을 포기하고 청계천으로 나갔다.

오랜만에 만난 서울의 풍경은 내가 알고 있던 예전 모습과 달랐다. 서울 근교에 살면서도 퇴직 후로는 특별히 서울 시내에 나올 일이 없었다. 나는 새롭게 변화한 건물들이 왠지 낯설었다. 이런 곳에 그때의 책방들이 남아 있을까 의심이 들 정도였다. 서울은 내가 알던 그때의 서울이 아니었다.

지도를 보면서 청계천을 따라 평화시장 건물이 있는 곳까지 걸어갔다. 오간수교를 건너니 새롭게 단장한 듯한 건물 1층에 헌책방이 드문드문 보이기 시작했다. 책방 앞 도로 쪽으로 미처 풀지 않은 책더미가 서로 엉켜 있었다. 가까운 책방으로 가 구입하고자 하는 책을 불러주니 없다고 했다. 옆 책방에 가면 있을 거라며 그리로 가보라고 안내해주었다.

그곳은 2평 남짓한, 한 사람이 겨우 다닐 정도의 좁은 공간으로 통로만 제외하고 사방이 온통 책으로만 쌓여 있었다. 퀴퀴한 냄새가 코를 자극했다. 거부감보다는 왠지 반가운 마음이 먼저 들었다. 아주 오래 전 나의 기억 저편에 들어온 기분이랄까. 그곳에 붙박여 언제까지라도 시간여행을 해보고 싶었다.

천정까지 닿아 있는 책들은 삐뚤빼뚤, 마치 곡예하듯 자유자재로 쌓여 있어 보는 즐거움을 더해주었다. 행동은 서툴지만 말 잘 듣는 아이들처럼 가지런하게 자리를 차지하고 있는 것, 큰 덩치에 눌려 숨도 못 쉬는 것들, 제자리가 아닌데 억지로 끼어들어 낑낑대는 것들…. 참 다양하게도 자기 자리를 지켰다. 질서 없이 뒤엉킨 듯 보이지만 모두 책 제목을 알아볼 수 있도록 꽂혀 있거나 쌓인 채로 제 역할을 하는 중이었다. 좁은 책방 안에 나름의 질서를 유지하면서 책을 진열해놓은 사장님의 노하우가 존경스러웠다.

친절한 사장님의 노고로 그토록 찾아헤매던 책이 내게로 왔다. 소식이 뜸했던 오랜 친구를 만난 듯 반가웠다. 책의 크기가 거의 A4용지만 하고 두께는 7~8㎝ 정도 되어보이는 묵직한 '분'이었다. 책은 긴 세월 잘도 견뎌온 바위 같은 느낌으로 나를 압도했다. 얼마나 많은 것을 품고 있을지 내심 기대감도 컸다. 전 주인도 책에 선뜻 다가가지 못한 때문인지 책의 외장은 거의 새것처럼 보였다. 속에도 이상 없이 깨끗했다. 가격까지 적당해서 마음에 쏙 들었다. 기쁜

●

마음으로 값을 치르고 백팩에는 넣을 수 없어 챙겨간 여분의 손가방에 담아 가슴에 안았다.

청계천으로 내려와 천변을 따라 걷다가 잠시 쉬어갈 겸 길가 의자에 앉았다. 건너편 상가에 하나둘 불이 켜지고 있었다. 낮의 모습과는 전혀 다른, 불빛이 연출하는 도시가 나에게 새로운 감흥을 일으켰다. 가끔 이런 외출도 좋은 것을…. 그저 일상에 파묻혀 옆은 돌아보지도 않고 살았다.

백팩에서 보온병을 꺼내 담아온 커피를 마셨다. 건너편에는 어느덧 저녁 불빛이 가득 넘실댔다. 마치 창 넓은 카페에 앉아 있는 것 같았다. 저녁 산책나온 사람들이 하나둘씩 내 앞을 지나갔다. 다정히 손잡고 도란거리는 남녀는 젊음이 있어 아름다웠다.

저녁 바람이 불어왔다. 집으로 가는 길을 서두르지 않아도 된다는 생각에 갑자기 없던 여유가 생겨났다. 나는 손가방에 들어 있는 책을 무릎 위에 놓고 쓰다듬었다. 이 책과 함께라면 긴 여행이 힘들지 않을 것 같았다. 문학을 하면서 궁금한 점이 참 많았는데 풀리지 않던 갈증을 이 책은 밤새워서라도 채워줄 게 분명했다.

나에게 와줘서 고맙다고, 앞으로 잘 지내보자고 속삭여주었다. 도심의 불빛이 한껏 어둠을 삼키는 중이었다.

●

이재숙

『인간과문학』 수필 등단
인간과문학작가회 회원
E-mail : dksxogus1@hanmail.net

당신이 살아야 하는 이유

함께 가는 길

봄은 벚꽃 향기에 실려

당신이 살아야 하는 이유

며칠 새 수은주가 갑자기 곤두박질쳤다. 옷장을 뒤져 겨울옷을 찾았다. 이것저것 고르다보니 옷장 안은 삽시간에 난장판이 되었다. 정리를 미루고 바삐 집을 나섰다. K 할머니가 나를 기다리고 있기 때문이었다.

나는 요양보호사 일을 하고 있었다. 이 일을 시작한 지 얼마 안 된 것 같은데 벌써 3년째 접어들었다. 비교적 경증에 속하는 4등급 할머니 한 분과 연결되어 서비스 중이다. 월요일과 수요일, 그리고 금요일은 오전 9시 30분에 할머니 집에 도착해 그녀를 내 자동차에 태우고 병원으로 가 신장투석을 마치고 오후 2시에 집으로 모셔다 드린다. 화요일과 목요일은 그녀가 원하는 시간에 1시간 동안 방문하여 식사를 챙긴다. 운전하는 건 별 무리가 없는데 휠체어를 차에 싣고 내리는 일이 쉽지 않다.

그녀는 키가 크고 체격이 좋은 편이다. 나이에 비해 얼굴에 주름은 없지만 병 때문인지 혈색이 좋지 못하다. 이목구비가 시원시원한 그녀를 보면서 젊은 시절 깨나 미인이었음을 짐작하게 된다. 그녀는 16살에 결혼하여 3남 2녀를 두었다. 남편의 바람기와 폭력으로 결혼생활 곳곳에 상처가 나고 얼룩이 졌다. 자신의 인생에서 남편과의 결혼 기간은 모조리 지워버리고 싶다고 했다.

그녀의 남편은 막내가 4살이 되었을 때 다른 여자와 살림을 차린 뒤 이혼을 요구해왔다. 아이들을 생각하면 막막했지만 더 이상 남편에게 시달리지 않아도 된다는 생각에 서류에 도장을 찍었다. 하지만 여자 혼자서 다섯 아이를 키우기가 만만치 않았다. 젊음을 무기삼아 공사장, 청소, 식당의 허드렛일 등 온갖 잡일을 따지지 않고 덤벼들었다. 오로지 아이들과 먹고 살기 위한 발악이었고 발버둥이었다.

아이들이 있으니 셋방 구하기가 쉽지 않았다. 간신히 구했다 해도 방세를 제때 내지 못해 밀리는 달이 많았다. 가난했지만 아이들이 커가는 모습을 보면서 행복했다던 그녀. 하지만 딱 한번, 연탄을 훔친 일은 지금까지 용서가 되지 않는다며 고개를 숙였다. 늘 회개하며 살았다는 그녀가 서울 후암동의 다세대주택에서 살 때 이야기를 해주었다.

추운 겨울이었다. 한꺼번에 연탄을 들여놓을 돈이 없어 새끼줄로 묶은 연탄을 몇 장씩 사서 간신히 단칸방 구들을 데우는 시늉만 했

다. 주인집 연탄 광에 그득히 쌓여 있는 까만 연탄이 그렇게 부러울
수 없었다. 어느 날 저녁 일을 마치고 집에 와보니 방에서 세 아이
가 이불을 뒤집어쓴 채 떨고 있었다. 추위에 떨고 있는 아이들을 본
그녀는 정신이 번쩍 들었다. 그제야 연탄이 떨어진 지 여러 날 되었
음을 알았다. 달력을 보니 월급날이 머지않았다. 조금만 참자며 장
롱에서 이불을 모두 꺼내 아이들에게 덮어주었다. 까만 머리만 쏙
내민 아이들을 보노라니 눈앞이 흐려져 도저히 참을 수가 없었다.

밖으로 뛰쳐나온 그녀는 한참을 마당에 정물처럼 서서 흐르는 눈
물을 연신 훔쳐냈다. 얼마나 지났을까. 주인집 연탄 광이 뿌옇게 눈
에 들어왔다. 바늘로 살을 찌르는 듯 불어오는 찬바람에 이성을 잃
었다고 말했다. 연탄 두 장을 끌어안고 나와 늦은 밤 아궁이에 불을
피웠다. 다행히 주인집 아주머니는 그 사실을 몰랐다. 월급 받으면
채워주겠다고 말하려 했으나 막상 얼굴을 마주하면 용기가 나지 않
았다. 혼자만 아는 한번의 도둑질이 평생 가슴에 남아 있었다. 지금
도 교회에 가면 회개의 기도를 빼먹지 않는다고 했다.

학교 대신 공장으로 내몰린 아이들 덕분에 그녀는 어느 정도 궁
핍한 생활은 면하게 되었다. 후에 장남은 검정고시를 치르고 대학
졸업 후 대기업에 취직해 결혼을 했다. 이름만 대면 알 수 있는 대
기업의 딸과 결혼해 생전 처음 호텔 음식을 먹어봤다고 말하는 그
녀의 표정이 행복해보였다. 하지만 행복은 거기까지였다. 그 어려
움을 겪고 키운 장남이 간암 선고를 받고 몇 해 전 세상을 떠났다.

게다가 둘째아들마저 결혼하자마자 호주로 이민을 가 아직까지 한 번도 그녀를 찾지 않았다. 그즈음 난소암이 발병하고 당뇨가 오더니 신장이 망가졌다. 순식간에 그녀의 몸과 마음은 넝마조각마냥 너덜너덜해졌다.

지금 그녀는 막내아들 내외와 살고 있다. 서울에 사는 두 딸이 주말마다 번갈아 찾아와 막냇동생 내외의 수고를 덜어준다. 그녀가 투석하고 있는 4시간 동안 나는 그녀 집으로 가 방과 화장실 청소를 한다. 입맛이 써서 식사를 제때 못하는 그녀를 위해 먹을 만한 반찬 한두 가지를 만들어놓고 남는 시간에는 책을 읽는다. 치료가 끝날 때를 맞춰 병원으로 가 지친 그녀에게 옷을 입히고 휠체어에 앉힌다. 초죽음이 된 그녀는 의자에 쓰러지듯 주저앉는다. 얼굴은 온통 거무스름해지고 눈이 퀭하다. 그날 함께했던 막내아들이 조용히 한숨을 내쉬었다.

그녀는 차를 타고 가는 동안 연신 숨을 헐떡였다. 그리고 떠듬떠듬 힘겹게 말했다. "선생님, 배가 고파도 아무거나 양껏 먹지 못하고, 숨이 차서 헐떡이고, 누군가의 도움 없이는 아무것도 못하는데 이 몸으로 계속 살아야 할까요? 이 지경인데 왜 살아야 하나요?" 그녀보다 살아온 날도 짧고 경험도 모자란 나는 어떤 대답을 해야 할지 몰라 한쪽 손으로 가만히 그녀의 손만 잡아주었다. 그녀는 세상 모든 것이 귀찮다는 듯 자동차 시트 위에 아무렇게나 몸을 늘어트렸다. 어깨와 가슴만이 바쁘게 들썩였다. 뒷좌석에서 가만히 지켜보던 막내아들이 엄마를 위로했다.

"엄마, 그런 말 마세요. 아버지 없이 그 가난하고 궁핍한 세월 속에서도 우리를 버리지 않고 키워주셨잖아요. 그것만으로도 얼마나 감사한지 몰라요. 얼른 기운 차리세요."

그의 목소리에 엄마를 향한 안타까움이 묻어났다. 나는 운전을 하는 내내 가슴이 먹먹했다. 나의 어떤 말도 그들을 위로할 수 없었다. 불현듯 며칠 전 맹난자 수필가 작품에서 읽었던 '료오칸'의 시가 떠올랐다.

"떨어지는 벚꽃/ 남아 있는 벚꽃/ 떨어질 벚꽃"

우리도 언젠가는 '떨어질 벚꽃'이 될 것이다. 마지막 생명이 다할 때까지 붙들고 살다가 때 되면 곱게 떨어지는 벚꽃이 되고 싶다. 그러기 위해 나는 틈틈이 책을 읽고, 글을 쓰며 일을 한다. K 할머니도 나도 그때까지 서로에게 좋은 인연이길 원한다.

갑자기 기온이 떨어져 밖은 싸늘하지만 왠지 내 가슴은 뜨겁다. 이상하리만치, 한없이 푸근하다.

함께 가는 길

운동삼아 아파트 담장을 한 바퀴쯤 돌았을까, 멀리서 휠체어를 끌고 가는 노부부의 모습이 보였다. 할머니는 오른쪽을 완전히 못 쓰게 되었는지, 굳어진 오른손을 잔뜩 오므렸다. 왼팔로 지팡이를 짚고는 발을 질질 끌고 운동화 길이만큼씩의 보폭으로 느리게 절뚝대며 걸어가고 있었다. 할아버지는 할머니가 힘들면 태울 양인지 한 손으로는 빈 휠체어를 끌고, 다른 한 손으로는 할머니를 부축하며 걸었다.

어느 해 봄날, 태양이 내리쬐는 한낮에 영산홍이 만발한 길을 운동차 걷던 그 노부부라는 걸 단박에 알아차렸다. 그때는 할머니가 서 있기도 불편해서 얼마 가지도 못하고 자주 휠체어에 앉아 쉬곤 했는데 오늘은 꽤 많이 걸었다. 어느 해의 부모님 모습이 떠올랐다. 뇌출혈로 쓰러져 수년을 앓다가 16년 전 돌아가신 아버지가 투병 중 어머니 손을 잡고 운동하던 모습이었다.

●

할아버지 돌아가시고 난 후 그 이듬해인 1989년 여름, 아버지는 친구에게 사기를 당한 충격으로 쓰러졌다. 할머니마저 할아버지를 잃은 충격으로 치매를 앓고 있었다. 우리 집안은 그야말로 한순간에 쑥대밭이 되었다. 그때부터 동네에서 둘째가라면 서러웠던 우리 집의 가세가 기울기 시작했다. 엄마의 눈물겨운 인생의 제2막이 시작되었다.

아버지가 처음 풍으로 쓰러졌을 때는 불행 중 다행으로 증세가 가벼워 부자연스럽긴 해도 혼자서 걸을 수 있었다. 하지만 엄마는 절대 아버지를 혼자 걷도록 내버려두지 않았다. 아침마다 논두렁에 내린 이슬을 털어내면서 절룩거리는 아버지 손을 잡고 함께 걸었다. 아버지도 지팡이와 엄마를 필수품처럼 곁에 두려했다. 동네 체육대회 때나 입었을 법한 늘어진 트레이닝복을 입고 불편한 몸을 움직이는 아버지는 오랫동안 나에게 낯선 사람이었다. 두 분이 걸어가는 뒷모습을 지켜보면서 다시는 아버지의 호령하는 모습을 볼 수 없을 거라는 생각에 가슴 한구석이 아려왔다. 목에 핏대를 세워가며 목소리를 높이던 젊은 날의 아버지 모습이 필름처럼 스쳐지나갔다.

아버지는 언제나 250CC 오토바이를 타고 외출하셨다. 그럴 때면 반드시 가죽잠바를 입었다. 헬멧을 쓴 아버지 얼굴은 햇볕에 타서 며칠째 씻지 않은 것처럼 검었고, 구레나룻은 머리카락보다도 숱이 많았다. 키가 작고 배가 나왔지만 아버지가 오토바이를 타는 모습을 보면 멋있다는 생각만 들었다. 유머도 없고 뚝 잘라놓은 나무토막 같았던 아버지는 우리 마을에서는 이웃들의 신임을 받는 동네 심부름꾼이었지만 정작 집안일은 안중에도 없었다. 엄마를 비롯한 우리 가족은 아버지의 얼굴을 밝은 대낮에 본 적이 별로 없었다. 엄마는 늦게 들어오시는 아버지를 위해 항상 안방 아랫목 이불속에 밥주발을 수건에 싸 묻어놓았고 건넌방에는 두꺼운 목화솜 이불을 깔아놓았다. 엄마의 타는 속도 모른 채 나는 솜이불 위에서 얼굴이 벌게지도록 구르고, 뛰며 철없이 놀았다.

아버지가 며칠째 외박을 하고 들어오는 날이면 내 자리인 아랫목은 엄마 차지가 되었고, 나는 아랫목과 아버지가 누워계신 윗목을 왔다갔다 했다. 그런 날이면 숨이 막히고 불안해 잠이 오질 않았다. 무언지 모를 불안은 끝내 나를 그곳에서 끄집어내고야 말았다. 담배 냄새로 인이 밴 안방으로 가기 위해 베개를 끌어안고 마루로 나왔다. 할아버지 할머니가 주무시는 안방 이불속은 언제라도 안전지역이었다. 나는 그 이불속으로 슬그머니 파고들어갔다. 할머니는 소중한 보물이라도 되는 양 나를 포근히 끌어안았다. 아버지와 엄마의 싸우는 소리가 건넌방 문을 넘어 안방으로 비집고 들어왔다. 할아버지의 헛기침 소리에 잠시 조용했을 뿐, 다시 수군거리며 다투는 소리가 밤 늦도록 안방과 건넌방 사이에서 들려왔다.

고등학교 1학년 겨울방학을 앞둔 어느 날, 늦잠을 자는 바람에 차를 놓쳐버렸다. 다음 차를 타면 어김없이 지각이었다. 감은 머리를 말리지도 못하고 부리나케 뛰어나가는 나를 보며, 학교까지 오토바이로 태워줄 테니 천천히 머리부터 말리라는 아버지 말씀이 등 뒤에서 들려왔다. 어렵기만 했던 아버지의 낯선 모습에 얼이 빠졌지만 속으로는 고맙고 기분 좋았다. 오토바이에 올라타 아버지 등에 얼굴을 댔다. 가죽잠바에서 풍기는 석유 냄새는 맡아도, 맡아도 싫지 않았다. 12월의 차갑고 매서운 바람으로 몸은 얼어붙었지만 마음은 봄날의 뜨락처럼 편안하고 따스했다. 포장이 안 된 길을 달리는 내내 엉덩이가 간지러웠다. 나도 모르게 깔깔대며 웃으면 아버지도 뒤따라 하하하 웃었다. 아버지의 호탕한 웃음소리가 17살 딸마음에 아무리 퍼내도 마르지 않는 행복한 우물을 만들어주었다.

아프고 나서 아버지는 오히려 행복해보였다. 모든 짐을 내려놓았기 때문일까? 전에 없이 늘 이를 드러내보이며 웃었다. 가족 모두가 아버지 때문에 울고 웃었다. 어머니는 불편한 몸으로나마 아버지가 당신 옆에 있으니 오히려 행복하다고 하셨다. "젊을 때는 좀처럼 볼수 없던 얼굴을 이제 항상 볼 수 있어 좋다"며 농담까지 할 정도였다. 내가 아버지를 걱정하면 아버지 옆에는 당신이 있으니 걱정 말고 시집이나 가라 하셨다. 고달픈 짐을 짊어졌지만 어머니 얼굴은 그 어느 때보다 밝고 편안해보였다. 아마도 아버지와의 그 한때가 어머니에게는 가장 행복한 나날이었을 것이다. 부부의 연이란 게 저런 것인가 하면서도 나는 몹시 쓸쓸했다. 어머니의 일생이 아버지의 존재로 빛났다는 사실을 어떻게 받아들여야 할지 한동안 혼란스러웠다.

　가을의 문턱에서 불편한 늙은 아내의 손을 잡고 묵묵히 걸어가는 할아버지를 보면서 아버지를 향한 엄마의 사랑이 어떤 것이었는지 그때서야 어렴풋이 알 것 같았다. 무엇으로도 대신할 수 없는 부부의 시간은, 사랑도 미움도 원망도 빠짐없이 들어가 알맞은 온도로 숙성되어 오래도록 잊을 수 없는 길을 만들어놓았다. 아버지를 산에 모시던 날의 엄마 얼굴은 모든 것을 잃은 사람이었다.

　내일도, 그 다음 날에도, 아니 앞으로도 오래오래 함께 걷고 있는 노부부를 만나고 싶다. 그들이 함께 가는 길에서 먼 그때의 아버지와 어머니를 다시 만날 수 있다면 더 바랄 것도 없겠다.

　나는 두 사람을 스쳐지나가며 "건강하세요" 하고 인사를 드린다. 오래 전부터 알고 지냈던 사이처럼.

봄은 벚꽃 향기에 실려

바람이 창을 흔든다. 창가로 가 스르륵, 문을 연다. 어느새 봄이다. 볼에 스치는 바람이 어제와 다르다. 달콤하고 부드럽다.

봄을 맞고 싶어 밖으로 나간다. 몸에 닿는 햇살이 따스하다. 살며시 눈을 감고 뜰을 거닌다. 눈 감아도 빤한 공간, 발자국마다 봄이 익는다. 눈을 뜬다. 햇살이 온통 나를 감싼다. 봄에 취해 정신이 아득해질 무렵, 포천에 사는 친구 명일이가 구례로 꽃구경 가자며 전화했다.

구례는 늘 가고 싶었던 곳이다. 그러고 싶을 뿐 망설이기만 했던 곳이기도 하다. 거리도 거리러니와 워낙 유명한 곳이니 상춘객들로 발 딜을 틈이 없을 것이란 생각에서 미리 포기했다. 꽃을 만나러 간다는 설렘보다는 길바닥에서 옴짝달싹못하고 묶여있는 텔레비전 화면 속 사람들이 떠올랐던 것이다. 그래도 여전히 구례는 나를 설레게 한다. 섬진강 따라 흐르는 물줄기와 흰 눈이 내려앉은 것 같은 매화 꽃밭, 그리고 눈길 두는 곳마다 만날 수 있는 벚꽃, 또 중학교 친구 봉례가 함께 떠오르는 곳이기 때문이다.

　내가 다니던 중학교는 파주시 작은 동네 식현리에 있다. 집에서 학교까지는 걸어서 40여 분 걸린다. 비포장도로인 신작로 양쪽에는 참외와 수박이 잎사귀 뒤에서 숨바꼭질하며 익어갔다. 수양버들과 미루나무가 더위에 지쳐 있는 길을 따라 친구들과 수다 떨며 걷다 보면 저만치 뿌연 먼지를 끌고 버스가 달려왔다. 버스가 지나갈 때까지 우리는 한바탕 요란을 떨었다. 입을 막고 캑캑거리다 발을 구르다가 손사래를 치다가, 버스기사에게 있는 대로 욕을 쏟아냈다. 서로 먼지 뒤집어쓴 얼굴 마주 보며 배를 움켜쥐고 까르르 까르르 웃었다.
　입학해서 얼마 지나지 않은 어느 봄날, 한 아이가 우리 학교로 전학을 왔다. 담임 선생님을 따라 들어온 아이는 키가 크고 몸집이 우리보다 좋았다. 교복이 아닌 승복을 입고 있었다. 까까머리 낯선 모습으로 수줍게 서 있는 그 애를 선생님은 봉례라고 소개했다. 커다란 얼굴에 쌍꺼풀이 없는 눈, 두툼한 입술, 그리고 유난히 붉은 뺨이 인상적인 아이였다. 봉례는 우리와 다르게 매사 조용했다. 후에 알았는데, 봉례는 나보다 서너 살 위였다. 어려서부터 구례에 있는 절에서 자랐다는데, 멀리서 온 전학생이었고 스님인데다 성격까지 온화하고 거기에 유창한 말솜씨로 나의 관심을 샀다.

선생님을 비롯해 다른 친구들도 나만큼이나 봉례를 좋아했다. 그 애가 들려주던 구례의 매화나무와 벚꽃과 섬진강의 아름다운 봄 풍경, 지리산의 여름과 피아골의 겨울 이야기에, 나는 구례가 어느 곳에 있는지도 모르면서 상상의 나래를 펴곤 했다. 꼭 한번 그곳에 가보고 싶다고 나는 봉례를 보며 해맑게 웃었다. 봉례도 꼭 같이 가자며 웃어주었다. 하지만 학년을 다 마치지 못하고 봉례는 다시 절로 돌아갔다. 무슨 사연이 있었는지 우리는 알지 못했다. 봉례가 돌아간 절이 구례에 있다는 것밖에는, 어느 절인지 이름도 정확히 기억나지 않는다.

구례에 도착했다. 우리는 화엄사로 가는 길에 차를 세웠다. 입구까지 걸어가기 위해서였다. 나는 내 눈을 의심할 정도로 빼어난 그곳 풍광에 놀랐다. 멀리 그림같이 늘어진 산줄기도, 길가에 가득한 매화나무와 벚나무도, 맑고 푸르른 하늘도 모두 신비로웠다. 우리는 신작로 양쪽으로 끝이 보이지 않게 서 있는 매화나무를 따라 걸었다. 매화나무는 거칠고 메마른 가지에서 가녀린 꽃잎을 내밀어 바람에 흔들리고 있었다.

잎도 피기 전 꽃받침 위에 오롯이 하얀 꽃을 피워낸 매화. 험한 겨울을 이겨낸 매화나무를 보면서 봉례가 걸었던 구도의 길도 이 길과 다르지 않을 것이란 생각이 들었다. 갑자기 마음이 아려왔다. 그녀는 지금 매화나무의 꽃길처럼 그녀만의 길을 걸어가고 있을까.

●

발자국마다 매화꽃 향기가 날 것 같은 그녀의 삶에 응원의 기도를 보낸다.

잠시 매화나무를 올려다봤을 때 바람이 불었다. 눈으로 머리 위로, 꽃잎이 마구 떨어져 내렸다. 나는 떨어지는 꽃잎을 보면서 봉례를 생각했다. 그리고 유일하게 외울 수 있는 안도현의 시 한 구절을 멋들어지게 읊었다.

벚나무는 술에 취해

건달같이 걸어가네

꽃 핀 자리는 비명이지마는

꽃 진 자리는 화농인 것인데

— 안도현 「벚나무는 건달같이」 부분

온 천지에 매화가 흐드러졌다. 사람은 그리움에 몸살 앓고, 매화나무는 그 사람들 때문에 몸살을 앓는 중이었다. 명일이와 나는 매화마을로 들어가 막걸리와 파전을 시켰다. 차가운 막걸리가 목을 타고 내려가며 봉례를 향한 그리움까지 삼켜버렸다. 막걸리 때문인지, 봄 향기 때문인지 명일이의 볼이 발그레해졌다. 그녀의 안경알에 매화꽃이 가득 들어찼다. 봉례를 만나지는 못했지만 만난 것 같기도 했다. 봄 속으로 풍덩 빠져들어 그리운 나의 친구들과 마냥 봄길을 걷고 싶었다.

175

이지현

『에세이문학』 등단
(사)한국수필문학진흥회 이사
『The 수필 2024 빛나는 수필가 60』 선정
제6회 경상북도 이야기보따리 수기 공모전 입선
E-mail : genereux@naver.com

마음이 쌓이다
습관처럼 화내는 대신
우황청심원

마음이 쌓이다

어느 가을날, 나는 몹시 아팠고 온 식구가 비상에 걸려 내게 집중했다. 앓는 동안 내 고통은 세상 가장 큰 통증이 되었다. 주변인의 관심과 보살핌 속에 기력을 회복할 때즈음, 친정엄마의 친구 딸이자 내 동창이 시한부 암 선고를 받았다는 걸 알았다. 얼마 전까지 일상이 피폐해질 정도로 아팠던 내가 상상조차 힘든 죽음의 고통에 처한 친구를 생각하니 어떤 말도 떠오르지 않았다.

징검다리 연휴가 연속이던 10월 초, 쉬는 날이 많은 데도 별다른 계획 없이 지내기엔 일곱 살짜리 아이에게 미안했다. 뭐라도 하자 싶어 급히 리조트를 예약했다. 일주일 전부터 잔기침을 했지만 연휴를 앞두고 처리할 업무가 많아 병원 갈 짬이 나지 않았다. 아쉬운 대로 나는 여행용 가방 한 편에 약국용 감기약을 챙겼다.

오후에 도착한 리조트는 부분적으로 리노베이션이 진행 중이었다. 어수선한 외관에 실망한 나와는 달리 아이는 "하룻밤만 자는 건 아쉬워, 엄마. 우리 하루 더 자고 갈까?" 하며 신이 났다.

배정받은 온돌형 객실을 둘러보니 방바닥이 싸늘했다. 보일러 조절기를 찾아 버튼을 눌러 보아도 조작되지 않았다. 남편은 리셉션 데스크에 전화했다. 직원은 "난방 돌릴 시기가 아니라 보일러는 작동되지 않는다"고 말했다. 그러면서도 투숙객으로부터 동일한 요청이 많아 난방 운영을 검토 중이라고 덧붙였다. 보일러 가동을 거듭 청하고 전화를 끊었다. 혹여 아이가 추울까봐 벽장에서 이불을 모두 꺼내 바닥에 깔았다.

밤이 될수록 기침이 잦아졌다. 가족들이 깰까봐 작은 방으로 옮겨간 나는 목까지 이불을 끌어올렸다. 그래도 추웠다. 문득 지난 봄의 가평 여행이 떠올랐다. 작년에도 여행하는 내내 후두염을 앓다가 지역 병원에 들러 진료를 받고 나은 적이 있었다. 병원에서 엉덩이 주사를 맞자마자 침을 삼킬 수도 없이 따갑던 목의 통증이 순식간에 사라졌다. 나는 이 지역 병원은 약도 세게 처방해주고 주사도 놔준다며 좋아했다.

"여보, 가평만 오면 아프네. 서울 가기 전에 병원에 들르자."

나는 핸드폰으로 인근 내과와 이비인후과를 검색했다. 이번에도 혹시 주사를 맞을 수 있지 않을까 기대하며 병원을 방문했다.

"잔기침을 하고, 목이 조금 아파요."

나는 변명하듯 말했다. 엄마가 된 이후로 아픈 게 괜히 미안했다.

진찰 후 선생님은 "몸살이 단단히 났네요. 목도 붓고 염증도 있어요" 하면서 주사도 맞겠냐고 물었다. 항생제가 포함된 알약뭉치와 기침 시럽으로 두툼한 약봉지를 받아들고 주사까지 맞았더니 곧 나을 것 같았다. 허나 5일치 약을 다 먹고 집 근처 병원에서 재진료를 받아도 증상은 별반 나아지지 않았다.

밤이면 더 심해지는 기침 탓에 숙면을 취할 수 없었다. 수면 부족으로 근무에 집중이 힘들고 입맛도 떨어졌다. 기침하다 먹은 걸 토하고, 기침하면서 일어나다가 삐끗해 허리에 담이 왔다. 급하게 구입한 복대를 착용한 뒤 힘들게 움직였다. 명치끝의 근육이 땅겨 아이의 재롱에도 양껏 웃지 못했다.

가장 힘든 건 항생제 부작용으로 인한 설사였다. "중간에 약을 중단하지 말고 끝까지 복용하세요"라고 주의받았던 나는 지사제를 추가로 먹으며 버텼다. 기침 하나 때문에 엄한 곳까지 다 아팠다. 아픈 게 지겨워질 때쯤 집 근처 사는 지인에게서 전화가 왔다.

마른 쇳소리가 섞인 기침으로 통화는 여러 번 중단되었다. 그분은 늦은 저녁임에도 기침에 좋은 처방약이 있다며 바로 가져다주었다. 전해 받은 하얀 약병에는 손 글씨로 '1회 1정, 1일 2~3회 복용'이라 적혀 있었다. 그 분의 마음이 더해져서인지 약은 기침완화에 큰 효과가 있었다. 덕분에 나는 감기에서 조금씩 벗어났다.

그즈음 동창의 시한부 선고 소식을 전해들었다. 초등학교를 같이 다니긴 했어도 엄마들끼리만 친할 뿐 우리 둘은 가깝지 않았다. 엄마를 통해 간간이 소식은 전해들었지만 직접적으로 안부를 묻는 사이는 아니었다. 5년 전 췌장암 진단 후 몇 차례 수술과 정기적인 치료를 받으며 회복 중이라고 했다. 난치병이어도 결국엔 완쾌되기를 기원했다. 그런데 여생이 겨우 6개월뿐인 시한부 판정을 받았다니, 충격이었다.

아는 이에 대한 절박한 소식에도 도와줄 일이 없어 안타까웠다. 그녀가 하루하루 죽음을 향한 외길로 떠밀려갈 때 나는 고작 기침으로 세상 제일 아픈 환자처럼 통증을 불평했다는 게 부끄러웠다.

지금껏 자신의 죽음을 미리 준비할 시간이 주어진다면 큰 행운일 거라 생각했다. 사랑하는 이들에게 이별을 고할 수 있고 남은 삶을 정리할 수 있는데 축복이지 않겠냐고 단언했다. 준비 여부와 상관없이 죽음은 청천벽력일 텐데, 겪지도 않은 일에 대해 잘 아는 척한 셈이었다. 모든 생명이 죽음이란 결말로 귀결될지라도 그 앞에 초연할 이가 몇이나 될까?

마음은 다양한 방법으로 전해진다. 한밤중에 건넨 약통에도, 찬 바닥에 깔린 이불에도 마음이 있다. 그런 걸 다 알지만 그간 서로 왕래하지 않았다는 이유로 작은 위로조차 전하지 못해 나는 머뭇거린다. 불쑥 어떤 말을 꺼내야 할지도 모르겠다. '텔레파시로 감정이 전이될 수 있다면…' 하는 생각마저 들었다.

때로는 삶을 교차편집할 수 있다면 좋겠다. 상대방을 위로해주고 싶어도 적당한 말이나 행동이 떠오르지 않을 때 영화에서 그랬듯

교차 편집된 영상을 상대의 눈앞에 가만히 보여줄 수 있다면 얼마나 좋을까.

깊어지는 가을, 떨어진 낙엽처럼 마음이 쌓인다. 속절없이 하루하루가 겨울로 향하고 있다.

습관처럼 화내는 대신

명절 연휴 마지막 날, 남편과 나는 크게 다투었다. 말싸움 중 그는 지친다는 투로 내게 말했다.

"모두가 자기를 사랑할 순 없어. 아빠가 당신을 좋아하지 않으니까 이러는 거잖아."

그 말을 들은 후 내 입에선 실소가 터졌다.

"사랑받지 못해서 내가 지금 화내고 있다고 생각해?"

명절마다 내가 느끼는 우울함은 지구 내핵에 이를 만큼 깊었다. 마땅한 대접을 받지 못했다는 데서 오는 억울함과 낯선 분위기에서 기인한 불편함이 쌓여 집으로 돌아올 때쯤이면 피로가 극에 달했다. 결혼하고 나서 이십 년이 다 된 지금껏 늘 같은 상황인데도 나는 왜 습관처럼 화가 나는지 설명하기 어려웠다. 확실한 건 나는 명절이 피곤했고 짜증났다. 그런 나를 남편이 가만히 토닥거려주길 바란 것이다.

●

'명절증후군'을 혼자 다 겪는 사람이 나였다. 때마다 뜨거운 솥뚜껑 위에 발을 댄 사람처럼 나는 별나게 펄쩍거렸다. 내가 낯을 많이 가리고 체력이 좋지 않은 탓도 한몫할 것이다. 명절 때마다 남편과 나는 정해진 의식이 생겼다. 시댁을 나오자마자 10분 거리에 위치한 프랜차이즈 카페에 들러 커피를 마시는 일이다. 뜨거운 찻잔 위로 남편이 "고생했어"라고 하면 나는 부정한 태도를 버리고 남은 연휴를 즐겁게 보낼 의욕이 생겼다.

올해는 그것도 소용없었다. 친정엄마는 내게 갱년기가 벌써 왔냐며 혀를 내둘렀다. 남편도 별나게 구는 나와의 감정 공유를 거부했고 테니스공 쳐내듯 독설을 받아쳤다. 그래도 그렇지, 사랑받지 못해 화를 내는 것으로 치부해버리다니…. 억울했다. 십 원에 열두 개나 주는 '아주 공갈 염소똥'처럼 싸구려 가짜 취급을 당한 느낌이었다. 나의 복잡미묘한 마음을 분석해 그에게 합리적으로 해명하고 싶었다.

우리에게 명절이란 1박 2일 동안 시가에서 지내는 것을 뜻했다. 보통 명절 전날 가서 음식을 준비하고 다음날 점심까지 먹고 왔다. 대학교 엠티나 회사 워크숍도 싫어 피했던 나였지만 그것과는 다른 차원의 문제였다. 자주 있는 일도 아니니까 기꺼이 감수해야 한다고 생각했다.

어느 해부터 시댁에서 밤을 보내는 건 우리 식구뿐이고 시어머니의 일을 거드는 사람은 나뿐이었다. '왜 나만?'이란 생각이 확장되면서 억울했다. 외며느리가 아닌데 외며느리로 보내는 명절은 피로하고 힘들었다.

그게 남편의 잘못은 아니었다. 군이 잘못된 행동을 꼽자면 남편과 대화를 통해 마음을 교류하며 이해와 위로를 청하는 대신 막무가내로 분노하는 방식을 택했다는 점이다. 그때 책 한 권이 내 눈에 들어왔다. 기시미 이치로의 『미움 받을 용기』가 그것이었다.

2014년에 국내 초판 출간 이후 200만 권 기념 스페셜에디션도 나온 베스트셀러임에도 나는 읽지 않았다. 『미움 받을 용기』라는 제목만으로도 깊이 있는 조언을 제시하는 것 같았지만 잠깐 유행하는 인기가요마냥 가볍게 치부했다. 무라카미 하루키의 『상실의 시대』 속 나가사와 선배가 "죽은 지 30년이 지나지 않는 작가의 책은 읽지 않는다"라고 한 말에 공감한 나는 고전이 아닌 책을 읽는 것이 시간 낭비라고 생각했기 때문이다. "너는 누가 널 미워하는 걸 못 참는다"는 남편의 말은 내게 이 책을 읽어야 될 명분을 부여했다.

책은 오스트리아 출신 알프레드 아들러Alfred Adler가 20세기 초엽에 창설한 '개인심리학'을 기반으로 하고 있다. 작자는 목적론(사람이 특정한 목적을 달성하기 위해서 감정이나 기억을 수단으로 선택해 이용한다)에 의거하여 현재의 행위를 설명한다. 아들러 철학의 핵심은 "인간은 과거의 원인에 영향을 받아 행동하는 것이 아니라 스스로 정한 목적을 향해 움직인다"이다. 과거의 사건은 이유가 될 수 없고, 인간은 현재의 목적을 위해 행동과 감정을 지어낸다는 것이다.

　나는 사랑받고 싶긴 해도 '모두'에게 사랑을 갈구하지는 않는다. 어떤 인간관계의 경우 적절한 거리를 유지하는 게 이롭다는 것을 알 만큼 나는 경험이 쌓였다. 누구와도 잘 지내고 싶고 모든 그룹의 진정한 일원으로 받아들여지고 싶은 욕구는 정신을 갉아먹는 일이다. 애초에 사랑받고픈 마음이 없는 관계에서 사랑받지 못해 미워할 이유는 더더욱 존재하지 않는다. 사랑도, 미움도 그럴 의지가 있어야 가능할 테니까.

　그런 의미에서 이번 명절에 내가 더 화가 날 이유는 없었다. 단지 바꿀 수 없는 과거를 근거로 "예전에도 그랬잖아!"라며 상대를 지치게 만들었을 뿐. 그때 책이 내게 똑바로 다가와 말을 걸었다.

　"너의 피로를 공감받고 싶어서, 분노라는 감정을 수단으로 삼았던 거야?"

　그 말대로 나는 잘못된 방식으로 상대방으로부터 공감을 도출하려고 했다는 것을 깨달았다. 남편에게 위로받고 싶다고 솔직히 토로하면 되는 거였다. 대화를 통해 충분히 소통할 수 있는 관계였음에도 난 화를 냄으로써 말의 통로에 댐을 쌓고 어도魚道, Fish ladder마저 막아버렸다. 내가 아닌 그 어떤 타인도 변화시킬 수 없음을 인정한 순간 요동치던 마음이 고요해졌다.

　명절은 '오랜 관습에 따라 해마다 일정하게 지켜 즐기는 날'이란다. 즐김의 유무와는 상관없이 매해 명절은 반복될 것이다. 오늘의 반성에도 같은 크기로 분노하는 연휴를 또다시 보낼지도 모르겠다. 그럴지라도 나는 습관처럼 화를 내는 대신 책꽂이로 향하리라. 감정의 파동을 치유할 파나케이아panacea(만병통치약)가 거기에 있으니까.

●

우황청심원

두근두근.

아이의 초등학교 추첨을 앞두고 울렁증이 다시 시작되었다. 입학 추첨일까지 불안을 떨치기가 쉽지 않았다. 대문 밖에 덩그렇게 놓인 매트리스 폐기물도 수거를 기다린 지 보름이 지났다. 초등학교 당락 여부도, 내보낸 가구의 수거도 기다리는 것밖엔 다른 수가 없었다. 문득 예전에 긴장이 될 때마다 먹었던 우황청심원이 생각났다.

"이거 먹고 가."

고등학교 반배치 고사를 보는 날, 문을 나서려는 내게 엄마는 약을 건넸다. 금박을 한 둥근 우황청심원이었다. 시험을 앞두고 긴장하는 딸을 위해 엄마가 권한 이후 나는 중요한 시험을 치를 때마다 우황청심원을 먹었다. 대학수능시험과 운전면허 실기시험 때도 빼놓지 않았다.

청심환(청심원)을 시험 직전에 먹으면 되레 부작용이 있을 수 있다고 하던데 내게는 효과가 좋았다. 짙은 밤색의 말랑한 환을 천천히 씹어먹으면 씁쓸한 맛이 진해질수록 불안이 사라졌다. 손이 떨리고 심장이 쿵쾅대던 증상도 가라앉았다. 플라세보 효과일지도 몰랐다. 떨지만 않으면 그간 공부한 내용이 모두 기억날 거란 믿음이 컸다.

자라면서 자연스레 우황청심원을 찾지 않았다. 완수해야 할 시험이 많아 일일이 챙기지 않은 탓일 것이다. 분기별로 한두 번은 보는 영어공인인증시험, 기말과 중간고사뿐만 아니라 대학원 입학시험과 기업 입사시험 등 테스트는 늘어났다. 나이와 경험 덕에 이벤트에 대한 두려움도 잦아들었다.

내 태도 역시 '결과는 모두 자신의 몫이다'로 바뀌었다. 결과는 내가 얼마나 노력을 쏟았느냐에 따라 달라질 수 있다고 믿었다. 남 탓할 필요도 없고 약에 의존할 이유도 사라졌다. 약 대신 시험장 안의 내 자리에 앉아 허리를 곧추세운 뒤 심호흡을 했다. 그렇게 나는 우황청심원과 작별했다.

한 달 전쯤 초등학교의 입학 설명회를 다녀왔다. 아이가 태어났을 때부터 입학을 소망했던 학교였다. 1시간여 동안 학교에 대한 설명을 들으며 나와 남편은 더욱 학교의 매력에 빠졌다. 코로나팬데믹에도 위기에 대한 즉각적 대응으로 일관된 교육을 제공했다는 입소문에 사립학교에 대한 경쟁률은 치솟았다. 외동가정이 는 만큼

학비가 들더라도 아이에게 맞는 학습이 제공되는 학교를 선호하는 학부모도 증가했다.

사립학교는 공개추첨을 통해 당락을 결정한다. 원한다고 입학이 가능한 것도 아니고 재력이 많다고 유리하지도 않다. 오직 운에 의한 결과였다. 입학원서 접수 후 추첨일이 다가올수록 불안해졌다. "우리 애를 안 뽑으면 학교 손해지!" 호기롭게 허세를 부려보기도 하고, 집 근처 공립학교까지 걸어가보고 "여기도 가까워서 좋네!" 하며 혹시 모를 가능성에 대해서도 염두에 두었다. 어느 학교를 다니게 되든 아이도 나도 곧 적응할 것이다. 다만 a냐 b냐가 확실하지 않은 상황에서 기인한 불안이 싫을 뿐이었다.

초등학생이 되는 기념으로 아이의 벙커 침대를 구입했다. 쓸모없어진 매트리스 프레임을 대문 밖에 내놓고 핸드폰 앱으로 폐기물 수거신청을 했다. 곧 수거될 거라 생각했지만 보름이 지나도 폐가구는 여전히 대문 앞에 놓여 있었다. 집 입구를 한껏 가린 모습이 흉물스러웠다. 당장 치워버리고 싶어 구청에 전화 문의도 했다. 수거물품이 많아 지연되고 있다는 안내만 받았다. 하루 빨리 수거되기만을 바라며 기다릴 수밖에 없었다.

입학 추첨 당일 아침, 참관인 자격을 얻은 나는 학교를 방문했다. 끊임없이 당과 락, 두 가지 정반대의 상황을 상상해보았다. 당첨을 기뻐하며 교문을 나서게 될까, 낙첨되어 실망한 채 귀가하게 될까.

현장에서 직접 결과를 맞닥뜨리겠다고 결정한 게 과연 옳았을까 싶었지만 나는 정해진 시간에 맞춰 학교 소강당에 도착했다.

남아추첨이 우선 진행되었다. 당첨자 수는 총 60명, 선정된 번호와 이름이 3초 동안 모니터에 게시된 후 사라졌다. 1, 2, 3…. 40명의 합격생 호명이 끝나도 내 아이의 번호는 선택되지 않았다. 낙첨에도 실망치 말자고 반쯤은 포기하려던 그때, 화면에 아이의 수험번호 '0009'가 나타났다. 3초 동안 세상이 정지된 느낌이었다.

상상하던 시나리오의 결말은 교장선생님과 여러 학교 관계자들의 진심어린 축하를 받는 것으로 끝났다. 바라던 중 최고를 얻은 마음이 꼭 이와 같지 않을까. 그 후 며칠간은 밥을 먹다가도 잠을 자다가도 비식비식 웃음이 배어나왔다.

어른이 무엇일까? 어렸을 때 나는 어른의 정의를 꼭 내 기준으로 명명하고 싶었다. 고심 끝에 '당면한 문제를 타인에게 해결해달라고 떠넘기지 않아도 될 때' 내가 진짜 어른이 되는 것이라고 결론냈다. 어른이라면 피하고 싶어도 도망칠 수 없고 하기 싫다고 미룰 수 없다. 때론 원치 않은 결과도 달게 받아들여야 하고 본인의 문제를 스스로 해결해야 한다. 나는 그런 어른이 되려고 노력 중이다.

어른의 결정과 선택은 자식과 관련된 일이라면 더욱 진중해질 수밖에 없다. 내 엄마가 내게 그랬듯, 나 또한 자녀의 일을 대신 결정하고 문제를 해결해줄 일이 많을 것이다. 언제든 기댈 수 있는 엄마로서, 그리고 어른으로서 나는 아이에게 효과 빠른 우황청심원이 되고 싶다.

초등학교 등록을 마치고 입학승낙서를 받아 나오려는데 핸드폰 알람이 울렸다.

"[수거완료] 고객님, 반가운 소식을 전해드립니다."

비바람을 맞으며 흉물이 되었던 매트리스 프레임이 수거되었다는 메시지였다. 아이 손을 꼭 잡았다. 집으로 향한 발걸음이 빨라진다.

●

이혜경

『에세이문학』 등단
(사)한국수필문학진흥회 이사
E-mail : libe123@naver.com

또 오월입니다
슬픔의 속도
겨울 이야기

또 오월입니다

"닫지 마라!" 시어머님은 창문을 닫으려는 내게 소리쳤다. "바람이 차서요. 감기걸리면 안 되니까." 나는 치매에 걸려 오 년째 침대에 누워 계신 어머니가 걱정됐다. "장미꽃을 보려고 그러는 거야." 시누가 말했다.

창문 너머 담벼락은 온통 장미로 가득했다. 나는 밖으로 나가 늘어진 장미넝쿨을 어머니가 잘 볼 수 있도록 철사로 묶어주었다. 그중 몇 송이 꺾어 화병에 꽂아 침대 옆 탁자에 놓았다. 어머님은 "이쁘다" 하며 웃었다.

꽃은 연일 내린 비에 모조리 떨어졌다. 어머님 뵈러 갈 때마다 나는 신선한 꽃을 샀다. 치매는 하루하루 더 심해졌고, 어머님은 꽃 따위에 관심을 두지 않았다. 그저 간식을 들고 있는 다른 손을 쳐다볼 뿐이었다. 이때다 싶어, 시누와 나는 마당에 널브러진 빈 화분과 깨진 장독들을 내다 버렸다.

친정엄마도 꽃을 좋아했다. 호스피스병동에 있으면서도 집에 있는 화분을 걱정했다. 정작 본인은 물 한 모금 넘기지 못하면서 화분 하나하나에 이름을 부르며 내게 물을 꼭 줘야 한다고 당부했다.

겨울이 끝나면 해방촌 우리 집은 분주했다. 땅속에 묻어둔 김장 장독들을 들어내느라 마당은 파낸 흙으로 난장판이었다. 용도를 다한 장독은 있는 대로 깨끗이 씻어 벌레나 빗물이 들어가지 않도록 뒷마당 장독대 위에 거꾸로 엎어놓았다. 그때부터 엄마와 할머니는 흙을 갈아엎었다. 장독을 묻었던 자리는 이제 꽃밭이 될 차례였다. 아침마다 마당가에서 운동하던 아버지는 꽃밭이 자꾸 넓어지는 게 불만이었다. 하지만 이때만은 시어머니인 할머니와 며느리인 울 엄마가 어김없이 의기투합했다. 꽃밭을 제외한 마당을 시멘트로 덮기 전까지 그렇게 꽃밭은 해마다 영역을 확장해나갔다.

엄마는 흙이 고르게 정돈되면 작년 가을 창고에 보관해둔 꽃씨 봉지들을 나에게 꺼내오도록 시켰다. 매년 신문지를 잘라 밥풀로 붙여 작은 봉지를 만들고 겉면 한쪽에 꽃 이름을 적어놓곤 했다. 그걸 만드는 건 언제나 내 몫이었다. 또 하나 꽃밭 둘레에 벽돌로 경계석을 만드는 것도 내 차지였다. 직육면체 벽돌을 30도쯤 기울이고 서로 기대어 세운 후 그 안에 꽃씨를 심었다. 너무 깊게 심으면 싹이 아예 나오지 않고 그렇다고 너무 얕게 심으면 씨가 바람에 날아가거나 새들이 먹을 수 있어서 늘 신중했다.

지금도 기억난다. 맨 앞줄에 채송화와 금잔화를 심고 그다음 줄
엔 백일홍과 봉선화 국화 붓꽃 장미, 그 뒤로 칸나와 달리아, 맨 뒤
엔 해바라기를 심었지. 평소 굳게 닫혀 있던 우리 집 대문은 꽃이
필 때 열어두어 동네 사람들이 꽃구경하러 들어오곤 했다. 마을에
서 우리 집은 '마당 이쁜 집'이었고 나는 그 이름이 마냥 좋았다.

해방촌을 떠나던 날은 장마철이어서 꽃씨를 미처 챙기지 못했다.
이사한 곳은 일반주택이었지만 마당이 아주 작았다. 땅값이 비싼
동네여서 최대한 집을 크게 지었다고 들었다. 꽃을 좋아하는 엄마
는 짐을 정리하기 무섭게 계단 위 난간에다 화분을 들이기 시작했
다. 이웃에서 버린 화분까지 모두 주워와, 겨울이면 거실이 발 디딜
틈 없이 비좁았다. 내 방 창문 옆에 전 주인이 심어놓은 넝쿨장미가
제법 자라서 오월이 되면 집 전체가 장밋빛으로 빛났다. 사람들은
이제 우리 집을 '장미나무집'이라고 불렀다.

그 후 우리 가족은 아파트로 이사했다. 화분 놓을 공간은 줄어들
었고 베란다에 잠시 머물다가는 햇살은 꽃들이 피기에 시간이 충분
치 않았다. 그래도 엄마는 아파트 화단에 버려진 화분이 보이면 여
전히 집으로 가져왔다. 가족이 모였을 때 엄마는 꽃들을 자랑하고
우리에게 나누어주고 싶어했다. 우리는 베란다가 작다고, 아이가
다칠 수 있다고 핑계댈 뿐 그것에 관심이 없었다.

친정엄마는 한 달 가까이 소화가 안 된다면서 자꾸 토했다. 큰 병

원으로 갔을 땐 간암 말기라는 진단을 받았다. 길어봤자 6개월 살 거라고 했다. 며칠 후 호스피스병동으로 옮겼다. 호스피스병동은 환자가 진통제와 각종 약들에 적응되기 시작하면 퇴원시켰다. 집으로 의사와 간호사가 일주일에 한번씩 왔고, 보호자는 일주일에 한 번 병원에 가서 의사와 면담하고 투약을 어떻게 해야 할지 상의했다. 입원한 지 보름 만에 병원과 가까운 여동생 집에 엄마를 모셨다. 동생네 집에 온 이후 엄마는 기운을 차렸다. 아버지와 둘만 있다 동생네 집에서 손주들 재롱을 보고는 좋았던지 "나 진작 아플 걸 그랬나" 하고 농담까지 했다. 병이 다 나은 것 같다고도 하셨다. 진통제와 수면제 투여량을 늘려갔으니 당연히 통증도 없고 잠도 잘 주무신 거였는데….

동생네 집은 한강이 내다보이는 곳이었다. 그때도 꽃들이 한창 피어나고 있었다. 그날 엄마는 유난히 기분이 좋으셨다. 휠체어에 앉아 한강 변에 핀 꽃들을 내다보며 "내년에도 저 꽃들을 볼 수 있겠지?" 하셨다. "당연하지. 내년엔 걸어서 산책도 하실걸" 내가 거들자, "그래 내년에 저기 함께 산책하자" 하며 내 손을 꼬옥 잡았다.

그날 밤 동생에게서 전화가 왔다. 엄마가 아무래도 이상하다고 병원에 가봐야겠다며 성급히 끊었다. 주치의 선생님께 전화했더니 당장 입원시키라고 했다. 그렇게 호스피스병동으로 다시 입원하고 그 다음날 아침 엄마는 돌아가셨다.

병명을 안 지 두 달도 안 된 즈음이었다. 정신없이 장례를 치르고 며칠 만에 집으로 온 나는 이틀 동안 아무것도 하지 않고 내리 잠만 잤다. 꿈결인 듯 일어나 무심코 거실 커튼을 걷었을 때, 집 앞은 울긋불긋 온통 꽃천지였다. 앞산도 초록 잎으로 가득했다. 너무나 밝고 활기찬 싱그러운 오월이었다.

엄마 돌아가신 후 오월만 되면 나는 자주 멈칫거린다. 버릇 하나가 생겼는데, 시들고 말라버린 화분조차 버리지 못하고 자꾸 물을 준다.

시어머님은 아예 꽃을 보지 않는다. 관심이 전혀 없다. 장미를 보라고 창문을 열면 닫으라고 소리친다. 그래도 어머님 만나러 갈 때, 나는 여전히 꽃을 고른다. '어머님 꽃을 볼 시간이 그리 많지 않아요'라는 입속말을 하면서. 어머님과 같이 꽃나들이는 할 수 없지만 그렇게라도 생생한 꽃을 자주 보여드리고 싶다. 아니 이렇게라도 친정엄마와 꽃구경 못한 아쉬움을 덜어내고 싶은 건지도.

슬픔의 속도

유난히 비가 자주 내린 어느 해 여름이었다. 북한산을 등반하다가 벼락에 맞아 네 사람이 사망했고, 또 몇 사람이 다쳤다는 긴급뉴스가 티브이 방송마다 신문마다 시끄러웠다. 연이어 벼락을 피하는 법을 설명하는 전문가들이 등장했다.

번개가 치고 난 후 천둥소리가 우리에게 들리기까지 걸리는 시간은 들쑥날쑥하다. 빛의 속도와 소리의 속도가 다르기 때문이다. 빛의 속도는 1초에 30만㎞이고, 소리는 340m이다. 그런 까닭에 번개가 치고 천둥소리가 바로 들리면 아주 가까운 곳에서 번개가 친다는 거다. 반면 한참 후에 천둥소리가 들리면 먼 거리에서 번개가 쳤다는 거다. 번개는 번쩍이다가 순식간에 사라지고, 천둥은 공기를 흔들어가며 소리가 되어 다가온다. 그러나 벼락을 맞는 건 뉴스에 나올 정도로 드문 일이다.

●

의사는 검사 결과를 설명하며 친정엄마가 6개월도 살지 못할 거라고 했다. 그날 나는 '마른하늘에 날벼락 맞는다'는 게 무슨 의미인지 제대로 알았다. 소화가 안 된다고 한 달째 약을 드셨지만, 일주일 전만 해도 혼자서 교회에 다녀오셨고 전화 목소리도 평상시와 다르지 않았다. 엄마는 검사받기 위해 병원에 가기 전날에도 비가 많이 오는데 집에 물 새는 곳은 없냐고 전화 걸어 물으셨다. 나는 아파트인데 뭘, 하고 대수롭지 않게 대답하고 전화를 끊었다.

엄마의 시한부 통보를 받던 날, 나는 슬퍼할 겨를조차 없었다. 병의 진행 상태를 의사와 상담하는 일 외에도 간병인을 구하고, 친척들에게 엄마의 병 상태를 설명하거나 문병하러 오겠다는 교회 분들을 정중하게 거절하는 일 등 해야 할 일이 넘쳤다. 엄마 역시 갑작스러운 이 상황을 받아들이기 힘드셨는지 가족 외에는 누구도 만나고 싶지 않다고 했다. 엄마와 보낼 시간이 얼마 남지 않았다는 것을 알면서도 당신을 위해 처리해야 할 것들이 너무도 많은 나는 늘 종종걸음으로 하루를 보냈다. 그러면서도 엄마와 함께할 수 없으니 마음만 초조했다.

엄마는 병명을 안 지 채 두 달도 되지 않아 돌아가셨다. 급작스레 할 일이 사라진 나는 공허함에 마음 추스르기가 힘들었다. 시간이 흐르면서 바쁜 일상에 쫓기다보니 엄마에 대한 그리움이 거짓말처럼 흐려졌다. 가족의 죽음은 그 크기가 정해져 있지 않아서인지 오히려 소소한 일상처럼 사라졌다 나타났다를 반복했다.

엄마의 부재를 실감한 건 지난해 아들을 장가보내면서였다. 신랑 측은 신부 쪽에 비해 크게 할 일이 없었다. 신혼집을 미리 구해놨고 집 수리 및 예식장 예약하기와 청첩장 만들기, 피로연 등은 아이들이 알아서 잘하고 있었다. 그런데도 늘 뭔가 중요한 걸 빠트린 것같이 나는 마음이 영 불안했다. 그게 뭔지 아무리 생각해도 떠오르지 않았는데, 친구에게 전화하려고 휴대전화 연락처를 검색하다가 엄마 전화번호와 딱, 마주쳤다.

"엄마 청첩장 나왔어." "고무신 말고 그냥 구두 신을까 봐." "피로연 음식은 뷔페로 정했어." 나는 이런 소소한 이야기들을 엄마와 나누고 싶었었나보다. 무엇보다 '아들 잘 키웠네'라는 칭찬을 엄마한테 듣고 싶었다는 걸 알게 되었다. 그런 생각 끝에는 엄마에 대한 미안한 마음이 진하게 따라왔다. 엄마가 평소에 혼자 결정해도 될 일을 굳이 나에게 의논하자고 전화했을 때, 그냥 알아서 하라고 급히 끊어버리곤 했던 일들이 마음을 후벼팠다. '별일도 아닌데 뭘, 평소엔 알아서 잘했으면서'라고 속으로 구시렁대며 매정하게 굴었던 일도 생각났다. 엄마도 지금 나처럼 그랬겠구나. 그저 나랑 이야기하고 싶은 거였을 텐데…. 미안한 마음이 때늦은 천둥소리처럼 마음을 마구 흔들어댔다.

번개처럼 다가온 이별은 커다란 돌멩이 하나 내 마음에 심어놓았다. 슬픔은 깊은 어느 곳에 움츠리고 숨어 있다가 느닷없이 부서지며 소리를 내질렀다. 돌조각들이 내는 파열음에 준비가 안 된 내 마음은 진동했다. 그 슬픔은 부지불식간에 기별도 없이 번쩍였다.

비 내리는 어느 날, 엄마에게 무릎 아프지 않으냐고 전화하려다가 흠칫 놀랐다. 엄마가 좋아하던 냉면을 먹다가도, 손잡고 걸어가는 사이좋은 모녀의 뒷모습을 보면서도, 잠 못 든 밤 건너편 아파트에서 새어나오는 불빛을 지켜보다가도 나는 엄마 생각에 숨을 고른다. 슬픔의 마음은 여기까지라고 끝을 지정해주지 않았기에 그 속도를 측정할 수 없었다. 언제 어느 순간에 찾아올지 나조차 예측하기 어려웠다. 어디론가 한없이 나아가는 진행형이며, 묻힌 듯 보이나 살아 움직이는 현재형이었다.

벼락을 피하는 법처럼 슬픔을 피하는 법도 있지 않을까? 아무리 힘든 일도 시간이 가면 무뎌진다고 하던데, 나의 슬픔은 도무지 줄어들 줄을 모른다.

거울 이야기

엄마는 해마다 겨울이 오면 방문 위쪽 벽에 못을 박고 군용 담요를 걸쳐 고정해놓았다. 그것으로 매서운 추위를 막을 순 없었다. 윗목에 놓아둔 양은그릇 속 자리끼는 한밤중에 꽁꽁 얼었다. 기온이 영하로 내려가면 식구들 모두 안방에서 잠을 잤다. 연탄을 한 장이라도 아껴야 해서였다. 방학이라 딱히 다음날까지 마쳐야 할 숙제도 없고 밖은 추워서 나가 놀 수도 없었다. 해가 떨어지면 특별히 할 일 없는 우리는 일찍 잠을 잤다.

"내일 눈이 오려나?" 저녁 늦게 뒷정리를 하고 들어온 엄마가 혼잣말처럼 중얼거리며 이불 속으로 들어왔다. 그런 밤에는 담요를 들치고서 문짝에 덧댄 조그만 유리를 통해 연신 밖을 내다보았다. 눈은 나와 숨바꼭질이라도 하려는지 기다리게만 하다가 잠이 들고 나서야 몰래 내렸다. 새벽에 눈을 뜬 나는 하얀 세상이 궁금해 빨리 나가고 싶었다. 아직 잠자는 가족들이 깰까봐 숨죽여 방문을 열고

마루로 나갔다. 이미 안마당에는 우리 집 강아지 멍멍이가 눈 위에 발자국을 찍고 뛰어다녔다. 대문 밖으로 동네 아이들 목소리가 울렸다. 눈 오는 날은 어른들보다 아이들이 더 부지런했다. 나는 마음이 급해졌다.

그날도 눈이 왔다. 나는 겨울방학이 시작되자마자 아버지 도움을 받아 썰매를 만들어놓았다. 그 썰매는 어젯밤 동생 몰래 꽁꽁 숨겨놓았다. 이제부턴 바쁜 날의 연속일 테다. 어른들이 일어나기도 전에 신작로로 나가야 한다. 신작로는 해방촌을 가로지르며 위쪽 오거리에서 저 아래 종점까지 이어지는, 경사가 심한 길이다. 내려오는데도 어른 걸음으로 족히 이십 분 이상은 걸린다. 몇 년 전 흙길이었던 것을 시멘트로 포장하면서부터 그 길은 신작로라고 불렀다. 신작로 따라 집들이 다닥다닥 붙어 늘어서 있는 골목들이 사방으로 미로처럼 얽혀 있었다. 담과 마당이 따로 없는 집이 대부분이어서 방문이 골목길과 닿아 있고 부엌에서 세수하고 밥을 지었다. 그러다보니 신작로는 아이들에게 언제나 좋은 놀이터였다. 특히나 이렇게 눈이 오는 날에는 이웃 동네 아이들까지 몰려와 진을 쳤다.

골목 밖으로 몰려나온 아이들은 지체할 겨를도 없이 썰매부터 탔다. 썰매가 없거나 만들지 못하는 어린아이들은 비닐포대를 갖고 나왔다. 길은 아이들이 오가며 밀어놓은 예술로 순식간에 반들반들해졌다. 숫기 없던 나는 잠시 머뭇거렸지만, 이내 길 가장자리에 썰매를 내려놓았다. 가운데로 갔다가는 위에서부터 쏜살같이 내려오는 사내아이들에게 떠밀려 넘어진다는 걸 알고 있었다.

이곳은 해방촌에서 아주 중요한 길이다. 어른들이 출근하거나 학생들이 등교하기 위해 버스를 타고 지나가는 곳이다. 쓰레기차나 분뇨차, 연탄을 실은 차가 다닐 수 있는 유일한 길이기도 하다. 이렇게 눈이 내리면 길은 제구실을 하지 못한다. 쓰레기차는 제때 오지 않을 때가 많고, 그럴 때면 집집마다 연탄재가 가득했다.

이 집 저 집에서 아침을 먹으라고 부르는 소리가 들렸다. 그 소리와 함께 어른들이 고무대야에 연탄재를 한가득 담아 신작로로 나왔다. 연탄재를 합법적으로 버릴 수 있는 기회였다. 길에 던지고 발로 밟아 으깨기 시작하면 아이들이 만들어놓은 썰매장은 순식간에 연탄재로 덮였다. 시간 가는 줄 모르고 그때까지 썰매 타는 아이들은 엄마에게 등덜미를 붙잡혀 끌려갔다.

해방촌 엄마들은 늘 바빴다. 겨울에는 털실로 스웨터나 목도리, 장갑을 짜는 부업을 했다. 아침상을 치우고 바로 일을 시작하면 끼니때 잠시 쉬고 밤이 늦도록 뜨개실과 씨름을 했다. 아이들은 엄마의 시선을 피해 다시 신작로에 모였다. 손에는 썰매와 함께 삽과 바가지가 들려 있었다. 골목에 있는 미처 치우지 못한 눈을 퍼다가 연탄재 위에 뿌렸다. 평소 전쟁놀이할 때 적군이던 윗마을과 아랫마을 아이들이 이때는 말하지 않아도 마음과 힘을 합했다. 눈썰매장은 금방 복구되었다.

점심 먹는 것조차 잊어버리고 아이들은 날이 어둑해질 때까지 눈 속에서 놀았다. 출근했던 가장이 돌아올 시간이면 엄마들은 다시 연탄재를 갖고 나왔다. 아침에 많이 소비해서 몇 장 안 남은 연탄재를 길 가장자리에 놓고 발로 밟았다. 다행히 가운데 눈썰매장은 온전했다. 어른들도 알고 있었다. 아이들이 이날을 얼마나 기다렸는지. 그래서 연탄을 버릴 때도 가장자리에 버렸고, 골목으로 들어가면서도 신나게 노는 아이들을 물끄러미 쳐다본 것이다. 이북에 고향을 두고 온 이들에게 어린 시절 추억은 각별했다. 다시는 돌아갈 수 없어서 더욱 그랬을 것이다. 그래서일까, 눈 오는 날은 밤 늦도록 놀아도 엄마는 우리를 찾지 않았다.

그날 나는 눈에 젖어 축축한 옷을 갈아입고 늦은 저녁을 먹었다. 몸은 피곤했지만, 낮에 놀던 여운이 남아서 잠이 오지 않았다. 방문 틈으로 들어오는 매서운 바람이 오히려 반가웠다. 이렇게 추우면 내일도 눈이 녹지 않을 테니까.

밤 깊은 겨울이면 엄마는 밤참으로 동치미국수를 해주었다. 마당에 묻어놓은 독에서 동치미를 꺼내오는 일은 늘 맏이인 내 몫이었다. 눈으로 덮인 가마니를 걷어내려면 온힘을 다해야 했다. 차가운 장독 뚜껑을 여는 일이 짜증났지만 눈 오는 날이라면 괜찮았다.

동치미 담긴 바가지 들고 돌아섰을 때, 마당 한 구석엔 구멍난 내복을 망토처럼 두른 눈사람이 서 있었다. 함박눈이 내리던 날 아버지와 같이 만들어놓은 후덕한 눈사람이었다. 낡은 털목도리를 둘러

주고 옆구리에 나뭇가지를 꽂아 장갑을 끼워주었다. 조금 헐거웠는지 벗겨질 것 같아 다가가 꼬옥 여며주었다.

달이 밝았다. 고개 들어 남산을 바라보았다. 달빛을 받은 온 세상이 하얬다. 검은 기름종이와 너덜너덜한 판자, 부서진 기와 조각들이 뒤죽박죽 섞여 있는 지붕 위에도, 연탄재와 쓰레기 모아둔 대야 위에도 꽁꽁 얼어 바람에 부딪히며 덜거덕거리며 소리를 내던 미처 걷지 못한 빨래들도 눈에 덮였다. 하늘에서 무지하게 커다랗고 하얀 보자기가 내려와 소복하게 덮어놓은 것 같았다.

눈이 오는 날엔 우리 동네도 꽤 근사했다. "뭐 하느라 안 들어오냐?" 하는 엄마 목소리가 들릴 때까지 하염없이 마당에 서서 눈 구경하던, 눈 오는 날의 기억이다.

●

이은조

E-mail : skd664@hanmail.net

그래도 내 편
시어머니와 감주
김장김치

그래도 내 편

　남편은 신혼 때부터 큰일이든 작은 일이든 일단 저지르는 편이었다. 뒤처리는 늘 내게 맡겼다. 신혼집으로 목동 황제아파트를 계약했을 때도 한마디 상의 없이 전세 계약서를 내밀면서 "난 더 이상 능력이 없다"며 잔액을 나에게 해결하라고 했다. 게다가 도배와 장판을 업자한테 맡겼다고 하는데, 나는 할 말을 잃고 말았다. 임대사업을 하던 친정 부모님은 세입자들이 입주와 이사를 할 때 도배와 장판을 항상 새로 해주었다. 남편이 업자에게 모든 걸 맡겼다고 하자 도배지와 장판만 사면 저렴하게 할 수 있는 것을 큰돈 썼다며 아버지는 어이없어하셨다.

　친정 부모님은 우리가 입주하기 전에 모든 청소를 완벽하게 해주셨다. 샤시며 화장실까지 번쩍번쩍 빛이 났다. 주인이 와서 보더니 새집이 되었다며 좋아했다. 그들은 1년 계약이 만료되자 자기들이 들어와 살아야 한다며 비워달라고 했다.

새로 이사한 신월동 집도 그다음 상계동 아파트를 분양받았을 때도 나중에 아파트를 넓혀 더 좋은 곳으로 갔을 때도 남편은 한결같이 "나는 월급 다 갖다줬으니, 더는 능력이 없다"며 나머지는 나 몰라라 했다. 언제나 자기 명의로 일을 저질러놓고 나를 해결사로 내세웠다. 나는 그런 남편 덕에 겪지 않아도 될 일을 너무도 많이 경험했다.

다음으로 이사한 집은 연립형 주택이었다. 문을 열고 들어가서 신발을 벗고 두 발짝 걸으면 안방과 작은방 그 옆에 주방이 붙어 있었다. 난방은 연탄보일러였다. 현관문을 열고 나가면 연탄보일러실 겸 연탄 저장창고가 있어 그곳에서 연탄을 갈아주어야 했다. 겨울은 연탄 가는 일도 연탄재를 버리는 일도 여간 번거로운 일이 아니었다.

하루는 요리를 하려고 가스 불을 켜는데 점화가 되지 않았다. 가스집에 전화를 걸어 가스통을 교체한 후 불을 붙였지만 여전히 그대로였다. 밖으로 나가 살펴보니 누군가 그새 가스 밸브를 잠가놓고 통을 가져가버렸다. 가스통을 바꾼 지 얼마 되지도 않았는데 귀신이 곡할 노릇이었다. 아무나 의심할 수도 없고 경비를 설 수도 없고 그렇다고 자물쇠를 채워놓을 수도 없는 일이었다.

그 일이 있고 이삼 일 지났을 때였다. 퇴근 후 현관문을 열고 들어서려는 순간 나는 온몸이 굳어질 만큼 충격을 받았다. 집안이 온통 뒤집힌 채로 난장판이 돼 있었다. 옷가지가 안방서부터 현관문 입구까지 흩어졌고, 서랍이란 서랍은 모두 열려 있었다. 창문이고 중간문이고 문이란 문도 죄다 열려 있었다. 온몸이 부들부들 떨렸다. 내 집이지만 무서워서 도저히 들어갈 수 없었다. 그대로 뒤돌아 밖으로 나왔다. 공중전화 부스로 가 남편한테 전화를 걸었다. 남편을 기다리는 얼마의 시간이 그토록 길 줄은 몰랐다.

그동안 그는 저지르는 사람이고 나는 해결사라고 투덜거렸는데 막상 큰일이 닥치고 보니 내가 할 수 있는 일은 그에게 전화 거는 일밖엔 없었다. 도무지 다리가 떨리고 가슴이 두근거려서 더는 한 발자국도 옮길 수 없었다. 한참만에야 도착한 그와 열쇠전문점에 연락해 보조키와 현관열쇠를 다시 맞춘 후 주섬주섬 집안정리를 했다. 위급한 순간에 떠오른 한 사람, 내 편이 있다는 것에 대해 생각한 날이었다.

몇 번의 이사를 하면서 알게 된 건 부부도 각자의 공간이 필요하다는 거였다. 자기 생활이 있고 부딪히는 시간이 많지 않을 때, 부부금슬도 좋아진다는 것을 경험을 통해 깨달았다. 맞벌이부부였던 우리는 평일에 퇴근하면 저녁식사하고 잠들기 바빠 서로의 장단점을 따질 새가 없었다. 주말은 달랐다. 집이 좁다보니 주방에 들어가려고 해도 부딪힐 때가 많았다. 화장실에는 세탁기가 들어가 있어 볼일 볼 때와 겹치면 여간 곤란한 일이 아니었다. 작은방이 하나 더 있었지만 빨래건조대와 냉장고, 책상, 책장 등 갖가지 짐들로 가득 찬, 그야말로 창고나 다름없는 방이었다. 휴일에는 어디에 있든 서로의 시야 안에 있다보니 잔소리가 늘었고 다툼으로 이어져 갈등이 잦아졌다.

어느 휴일 오후, 남편과 같이 오수에 빠져 있었다. 창문 너머로 누군가 우리를 쳐다보는 것만 같아 눈을 떴다. 위층에서 웬 남자가 몸을 거꾸로 하여 거미처럼 내려오다가 나와 눈이 딱 마주쳤다. 나는 남편을 흔들어 깨웠다. 그는 영문도 모르고 부리나케 밖으로 뛰어나갔고, 나도 뒤따라 달려갔다. 놈은 어디로 갔는지 사라지고 없었다. 그 다음부터는 집 안에 있어도 문단속을 해야 했고 낮잠 잘 때는 창문을 걸고 커튼을 쳤다. 누가 뭐라 하지 않았는데도 스스로 활동에 제약을 받았다.

당시 주인집은 반지하 1층에 살았다. 그는 남묘호랑개교를 믿었는데 아침저녁으로 징을 두드리며 '남묘호랑개교'를 반복해 외면서 기도했다. 비가 오거나 날씨가 흐린 날은 그 집에서 피우는 향냄새로 머리가 아플 지경이었다. 심할 때는 집에 있을 수 없어 일을 만들어서라도 밖으로 나왔다. 그렇게 계약한 1년을 어떻게 버텨내나 끔찍했다. 마침 분양받은 상계동 아파트에 입주가 시작되었다. 그곳에 입주하려면 현재 살고 있는 집 전세를 빼는 일이 시급했다. 아직 계약한 기한이 남아 있어 세입자가 들어와야만 나갈 수 있었다.

직장에 다녔던 나는 낮에 집에 없어 누가 와도 우리 집을 보여줄 수 없었다. 퇴근했을 때 위층에 사는 세입자가 내려와 반가운 소식을 전해주었다. 집을 보러온 사람에게 자기네 방을 보여줬는데, 게 약은 우리가 살고 있는 집으로 했다는 것이다. 일이 풀리려니 이리 엉뚱하게 풀린다 싶어 자꾸만 웃음이 나왔다. 남편 퇴근시간이 기다려졌다. 결혼하고 처음으로 남편과 웃을 일이 생겼다.

시어머니와 감주

막내 시누이는 나를 보자마자 일부러라도 관광하는데 본가에 온 김에 구례 화엄사도 구경하고, 하동 케이블카도 타보고, 순천만 국가정원 구경도 하면서 며칠 있다가 가라고 했다. 마침 휴일이어서 어머니 식사는 교인들이 챙길 거라며 걱정하지 말라는 말에 남편도 그러자고 부추겼다.

시어머님은 뭐 볼 게 있다고 거길 가냐며 한사코 말렸다. 남편은 저녁 먹기 전까지 돌아오겠다고, 돌아오는 즉시 저녁밥을 먹을 수 있게 쌀밥을 앉혀놓고 가겠다고 어머님을 안심시켰다.

시어머니는 음식에 집착하는 분이다. 식재료 관리도 남다르다. 내가 쌀을 씻으면 박박 문질러서 하얀 물이 나올 때까지 씻으라고 이른다. 대답을 말뚝같이 하지만, 영양을 생각하는 나는 깨끗한 물로 씻어주되 처음 씻는 물은 불순물이 쌀에 스며들 수 있기에 휘저어준 다음 재빨리 버리고 새 물로 바꾸어 3회 정도 씻어 안친다. 시어머님은 내가 쌀을 어떻게 씻는지 뒤에서 보고 있다가 "나는 박박 문질러 씻지 않으면 마땅치도 않거니와 걸쩍지근해서 밥이 목에 넘어가질 않는다. 집에 오는 요양보호사가 문질러 씻으면 쌀눈이 다 떨어져서 영양소가 파괴된다고 하더라. 그래도 나는 내 방식이 좋구나" 하면서 마뜩찮아하셨다. 어머니는 요양보호사가 씻어놓은 쌀을 다시 꺼내 손수 씻어서 밥솥에 안쳤다고 한다.

쌀에 있는 탄수화물은 우리 몸과 뇌의 기능에 주요 에너지원이다. 특히 성장기 어린이에게 좋은 단백질 라이신이 많이 함유되어 있다. 다른 곡류 단백질에 비해 소화흡수율이 높고 체내 이용효율을 높인다. 지방함량은 적으면서 필수지방산의 함량은 높고 물에 녹지 않는 불용성 섬유질이 풍부하여 비만과 변비 예방에 좋다. 쌀눈에 많은 가바GABA라는 기능성물질은 성인병 예방과 당대사나 신경기능 및 여러 기능을 자동조절하는 작용을 한다. 또한 비타민B의 함량이 높고 풍부하며 소화를 돕는다. 비타민 B1은 발육촉진, 비타민 B2는 단백질 대사에서 잘게 분해하는 작용에 관여한다. 비타민 B6은 신경전달물질을 합성하는 수용성 비타민이며 항산화작용을 하고, 생식작용에 관여하는 비타민E 등이 있어 필수 아미노산까지 함유하고 있다. 시어머니처럼 쌀을 씻으면 대부분의 영양소를 포기해야 한다.

시어머님은 내가 시가에만 가면 어떻게 하든 주방에 붙들어놓으려고 수단과 방법을 가리지 않는다. 이상하게도 내 눈에는 그 수가 번번이 읽힌다. 나는 남편한테 내가 주방에 있을 때는 파리채 들고 파리를 잡는 시늉이라도 내달라고 부탁했다. 남편이 함께하면 자상한 시어머님으로 바뀌기 때문이다. 그날도 남편이 서두르는 통에 시어머님은 못이기는 척 나를 놔주었다. 나는 쌀을 전기밥솥에 넉넉히 앉혀놓았다. 잡곡밥을 좋아하지 않는 어머니를 위해 따로 흰밥을 준비했다. 전기밥솥에 식구들 저녁 먹을 양까지 앉혀놓은 후 바로 데워먹을 수 있도록 국까지 준비해두었다. 곁들일 반찬으로는 즉시 볶아 먹을 수 있게 양념이 된 고기를 챙겨놓고 출발했다.

순천만 국가정원 구경을 하는 내내 시어머님은 전화를 걸어 빨리 들어오라며 성화였다. 스마트폰은 어머니 부름으로 쉴 새 없이 울어댔다. 할 수 없이 중간에 발을 돌렸다. 우리가 가고 있는데도 전화기는 계속 울었다. 서둘러 도착한 나는 옷도 못 갈아입고 부랴부랴 상을 차렸다. 반찬을 놓고 국이 충분히 끓고 있는 걸 확인하고는 밥을 푸기 위해 전기밥솥 뚜껑을 열었다.

아! 그런데 이게 웬일인가. 밥솥이 깨끗하게 비어 있었다. 예상치 못한 상황에서 머리가 하얘졌다. 몸이 마비된 것처럼 그대로 움직일 수 없었다. 한두 번도 아니고 정말 너무했다. 시어머님은 나의 어떤 점이 못마땅한 것일까. 내가 잘못한 거라곤 그분의 계속된 타박에도 꿋꿋하게 견딘 것과 우리 집 울타리를 든든하게 지킨 것, 다른 생각이라곤 해보지 않은 것밖에 없는데, 정말 해도 해도 너무한다는 생각이 들었다. 그동안 꾹 눌러뒀던 감정들이 한꺼번에 북받쳐올라왔다. 그나마 남아 있던 시어머님에 대한 기대감이 일시에 무너져내렸다. 나는 떨리는 숨소리를 죽이기 위해 아랫입술을 질끈 깨물었다. 하도 기가 막히니 눈물도 나지 않았다.

늘 이런 분이었다는 걸 잠시 망각했다. 마음을 비우니 무언가가 보이는 것도 같았다. 사람은 저마다 그릇의 크기가 다르다는 것도 알게 되었다. 사람 귀한 걸 모르는 분. 그분은 당신의 자랑이었던 자식들이 언제까지 청춘일 거라고 생각하는 것 같았다. 천년만년 좋은 직장에 다닐 줄 알았던 어머님의 다섯 아들과 큰사위 큰딸이 때가 되어 퇴직을 하였다. 자식들 좋은 직장에 다닌다며 동네방네 자랑을 일삼던 일이 이젠 호랑이 담배 피우던 때 일이 돼버렸다. 그 불똥이 나에게 튀어, 별안간 직장에 잘 다니고 있는지를 물으셨다. 그렇다고 하자 "집에서 놀면 뭐하니, 한푼이라도 벌어야 한다"며 가시박힌 말을 했다.

그러고는 뜬금없이 내 속을 긁었다. "남편이 퇴직하고 집에 있다고, 너 일한다는 핑계로 전기밥솥에 든 밥 먹일 생각 말고 반드시 끼니마다 새 밥을 해주거라" 하며 어깃장을 놓았다. 같은 말이라도 "너도 나이가 있는데, 그만 쉴 때도 되지 않았니?" 한마디 해줄 수 있지 않을까? 품 안의 자식도 아니고 가정을 이룬 성인이다. 제 자식 낳아 그 아이가 자기 몫을 톡톡히 하고 있는데도 그 아들한테 줄 금방 한 밥 타령을 아직도 하고 계신 시어머니. 일하는 사람이 어떻게 삼시

세끼 금방 한 밥을 남편한테 차려내는가. 어머니의 바람이 그렇다 해도, 나에게 그만 쉬라고 했어도 내 일은 내가 결정한다. 말 한마디가 천 냥 빚 갚는다던데, 그날 나는 속이 타는 기분이었다.

　그저 빈 전기밥솥을 망연히 내려다보았다. 시어머님은 내 등 뒤에 서서 계속 뭐라고 말씀하셨다. 왜 귀한 내 아들한테 찬밥을 먹이냐면서 내가 안친 밥으로는 감주를 담갔노라고 했다. 그분은 며느리가 집에서 노는 것도 싫고 아들한테 전기밥솥에 있는 밥 먹이는 것도 싫었던 모양이다.

　어머니가 만든 감주는 이미 냉장고에 들어가 있었다. 시어머님은 나에게 쌀 씻는 것부터 다시 교육시킬 작정이었다. 삼십여 년 겪어 보고도 마냥 당할 줄 아셨는지 좀처럼 변하질 않았다. 고맙게도 나는 시집와 시어머님 면박을 받으면서 견디고 살아낼 방법을 궁리했다. 우격다짐으로 싸우는 것도 한두 번이었다. 그런 분이란 걸 알았을 때부터 입을 다물고 따르는 시늉을 하면서 시간이 가길 기다렸다. 시댁에서의 일정은 하루 이틀이면 끝났기에 툴툴 털고 내 일에 몰두했다. 급하게 밤고구마를 삼킨 것처럼 속이 항상 답답했지만 달리 방법이 없었다. 울분을 터트리면 나조차 수습이 어려웠다. 마냥 주저앉아 눈물 흘린다고 방법이 생겨나는 것도 아니었다. 나는 말없이 곪아갔고 살기 위한 방법을 찾아야 했다. 나름의 처방은 겉으론 표정관리를 하면서 내면에 자존감만은 세우는 일이었다.

●

그 시간에 밥을 다시 할 수는 없었다. 고기를 구워서 먹기로 했다. 채소 샐러드와 쌈을 서둘러 준비했다. 마침 다급할 때 먹으려고 서울에서 챙겨간 즉석밥을 전자레인지에 돌려 각각 밥공기에 옮겨 담았다. 그걸 본 어머님은 눈이 동그래져서 왜 밥을 하지 않느냐고 더욱 어이없다는 표정을 지었다. 당신이 직접 밥을 안치겠다며 손으로 바닥을 짚고는 엉덩이만 들었다 놓았다를 반복했다. 막상 일어나지는 않고 내가 어떻게 나오는지 눈치를 보는 것인데 남편이 내 손을 잡으며 가만있으라고 눈짓했다.

남편은 다이어트 중이어서 고기 먹을 때 탄수화물을 먹지 않는다. 그걸 모르는 어머님은 아들에게 금방 한 밥을 먹여야 한다고 성화였다. 나는 어머님 드실 밥만 하겠다고 말씀드렸다. 내 말은 들은 척도 안 하고, 당신은 드셨다며 계속 밥을 하라고 재촉했다. 나는 "어머님! 지금 밥하면 그대로 남을 텐데 내일 아침에 또 감주 담그셔야 해요. 그래도 괜찮겠어요? 저희 올라가면 먹을 사람도 없는데 그 많은 감주를 다 어떻게 하시려고요?" 하며 어머님을 바라보았다. 그때서야 어머님은 머리 아프다면서 방으로 들어갔다.

김장김치

인터넷이 지금처럼 발달되지 않은 시대였다. 친정아버지가 옥수동에서 임대업을 할 때였다. 임차인들이 각 도에서 이사오면 친정엄마는 그 지방 음식을 하나씩 배웠다. 특히 전라도 음식을 좋아해서 많이 배웠던 것 같다. 홍어무침, 고들빼기김치, 고구마줄기김치 등, 서울 출생인 사람들한테는 낯선 음식이었다.

봄이면 비탈진 언덕배기에 지천으로 자라는 씀바귀 달래 냉이를 무쳐 먹는 정도였지 고들빼기는 뿌리가 굵고 쓴맛이 강해서 음식으로 먹을 생각은커녕 김치로 만들 생각조차 하지 못했다. 임차인이 바뀌면서 친정엄마는 고들빼기김치 담그는 방법을 배웠고, 고들빼기는 쓴맛을 우려내는 것이 관건이란 것도 알았다. 서울은 모든 김치를 잘 마른 고추를 방앗간에서 빻아온 고춧가루로 버무려 담갔다.

시어머니 방식은 우리와 달랐다. 고들빼기김치만 하더라도 돌절구에 넣고 소금물에 절여 삼사 일 정도 물을 계속 갈아주면서 쓴맛을 제거했다. 이것을 쪽파와 갓을 넣고 버무려주면 별미였다. 다른 김치를 만들 때도 찹쌀풀과 건고추와 모든 양념을 방앗간으로 가지고 가서 모두 한꺼번에 넣고 갈아왔다. 젓갈을 많이 넣어 즉석에서 버무려 먹어도 좋았다.

시어머님은 고추 선별 과정부터 신경을 쓰기에 김치는 언제나 맛깔났다. 그만큼 웬만한 음식에서 빼놓을 수 없는 재료가 고추이다. 칼칼하게 매운 고추는 김치맛을 돋우는 일등 공신이다. 끼니마다 밥상에 오르는 김치를 매력적인 맛으로 이끄는 건 고추에 들어 있는 캡사이신으로 특히 고추씨에 다량으로 함유되어 있다. 매운 음식을 먹으면 뇌가 실제로 통증을 인식하면서 엔도르핀을 분비하게 된다. 고추가 캡사이신을 만들어내는 이유는 놀랍게도 곰팡이나 세균, 해충과 같은 해로운 환경으로부터 자신을 보호하기 위함이라고 한다. 적당량의 캡사이신은 우리 건강에도 중요한 역할을 한다. 우리가 알고 있는 정보를 떠나 시어머님의 고추 선별 과정은 유난스러울 정도로 깐깐해서 우리 가족은 물론 온 동네가 다 아는 사실이다.

2023년 12월 초, 큰 시누이한테서 전화를 받았다. 시어머니가 마당에 김장배추를 산더미처럼 쌓아놓고 바쁘게 움직인다는 것이다. 자식들은 모두 어머님에게 불만이었다. 나 또한 구순의 어머니가 무슨 생각으로 그런 일을 벌이는지 모를 일이었다. 그 많은 배추를 누가 다 손질하고 담그냐고 큰시누이는 난리였다. 누구라도 시어머니 김치를 가져가면 혼이라도 내겠다는 기세였다. 나는 남편한테 시어머니 김치가 떨어질 때까지 당분간은 시가에 가는 것을 늦추라고 일렀다. 본래 시어머니 눈 밖이었던 나는 신혼 초부터 김치를 알아서 해결했다. 시어머님은 큰아들 집에는 직접 오셔서 김장은 물론 다른 김치나 반찬까지 해주셨다. 다른 아들네는 보내주기도 하고 여러 김치를 싸주기까지 하면서 우리한테는 신혼임에도 김치 한쪽도 준 적 없어 그 김치 맛을 볼 수도 없었다.

친정엄마는 살아계실 때 우리 집에 직접 오셔서 겨울 동안 먹을 김장을 해주셨다. 그렇게 서너 달을 먹고 나면 틈틈이 들러 또 새 김치를 해주고 가셨다. 불의의 사고가 있기 전까지는 늘 그렇게 해줘서 아쉽지 않았다.

남동생을 결혼시키고 돌아오는 길이었다. 기사가 급정거하는 바람에 엄마는 앞문 출입구 계단으로 굴러떨어져 머리를 크게 다쳤다. 처음에는 외상만 있었는데 치료받으러 대학병원을 찾았을 땐 상태가 심각했다. 검사 결과 뇌졸중이었다. 그때부터 살림은 할머니가 도맡았고 김치를 담그면 아버지가 몇 번씩 버스를 갈아타면서 우리집에 배달해주었다. 그때는 내 생활이 바빠서 소중하게 담가 힘들게 배달해주는 걸 귀하게 생각하지 못하고 맛있게 받아만 먹었다.

어렸을 때 우리 집은 김장철이 되면 가장 먼저 항아리를 씻었다. 깨끗이 씻은 다음 짚에 불을 지펴 밑바닥에서부터 휘눌러준 다음

불붙은 짚을 놓고 항아리를 엎어놓으면 2차로 연기소독까지 끝냈다. 그다음엔 땅이 얼기 전 땅속에 묻어놓고, 다듬은 배추를 겉껍질은 뜯어내고 반으로 잘랐다. 그것을 소금물에 담가 소금을 갈피갈피 뿌렸다. 서너 번 위아래를 바꾸어주며 절여낸 배추를 여러 번 씻어 물기가 빠지도록 광주리에 받쳐놓고 무를 일일이 손으로 채를 쳐서 젓갈과 양념을 넣고 버무려 배추를 한 겹 한 겹 들쳐가며 속을 넣었다. 나중에 겉잎 2장 정도 배춧잎을 남겨 꼭꼭 여며서 차곡차곡 쌓아 담은 후 틈이 생기지 않도록 채 썰고 남은 무와 오이지를 사이사이에 박아주고 우거지가 생기지 않게 떼어낸 겉껍데기 배춧잎을 김치 위에 얹었다. 두꺼운 비닐로 밀봉을 한 다음 뚜껑을 덮고 그 위에 가마니를 덮어 눈비를 막을 지붕을 만들었다. 할머니가 담아주신 김치에는 멸치젓과 새우젓을 직접 담가 김치에 넣기도 하고 황석어젓도 넣어 담아다주면 익어갈수록 시원한 맛이 났다. 할머니와 친정엄마가 돌아가시면서 그 맛은 그리움이 되었다.

시어머니와 나의 고부갈등이 깊어질 때로 깊어진 때였다. 나를 만나면 무엇이건 요구만 하는데 시부모님은 나한테 해준 게 뭐냐고 물어본 적이 있었다. 그런 일이 있고 얼마 후 택배 상자가 우리 집에 도착했다. 배추김치는 물론이고 고들빼기김치, 알타리, 깍두기, 고추장, 된장까지 깔끔하게 포장되어 들어 있었다. 김치가 떨어질 때가 되면 어떻게 알고 택배로 몇 년 정도 계속 보내왔는데 언제부턴가 김장철에만 보내주었다. 감사하게 잘 받아먹으면서도 늘 대가를 바란다는 걸 알기에 받으면서도 부담을 안고 먹어야 했다. 시어머님 김치를 유난히 좋아하는 남편과 딸이 있어서 보내지 말라고도 못했다.

김치는 한국의 대표적인 발효식품으로 세계가 인정한 전통음식이다. 맛뿐만 아니라 건강에도 좋다. 고조선 초기에는 소금에만 절여 먹었는데, 그 후에 많은 양념을 가미하면서 지금의 김치가 되었다. 김치에 들어 있는 여러 종류의 유산균은 식품의 구성성분을 변화시켜서 특유의 맛과 향기를 만들어낸다. 김치가 숙성됨에 따라 갖게 되는 독특하고 상큼하면서도 아삭한 질감은 젖산균과 초산균이 발효되면서 나타난다. 톡 쏘는 맛은 이산화탄소 등의 생성으로 생산된 산물이다. 특히 김치에 들어 있는 유산균은 공기가 없고 저온 상태에서 더 잘 자라기 때문에 꼭꼭 눌러준 다음 씻으면서 떨어진 배춧잎을 덮어주고 뚜껑을 닫아주어야 한다. 친정할머니 저장 방식은 생각할수록 과학적이어서 놀랍다. 공기가 들어가면 부패균이 번식하여 배추나 무의 펙틴 성분을 분해하면서 김치가 물러지고 색깔도 거무죽죽하게 변하고 역한 냄새가 나므로 주의해야 한다.

시가에 내려갈 일이 생겼다. 나는 서둘러 김치냉장고에 여러 종류의 김치를 저장하고 냉장고에도 겉절이를 챙겨 넣고는 출발했다. 서울로 올라올 때 시어머니는 김장을 했다며 김치 한 통을 내주었다. 나는 우리도 김장을 끝내서 김치냉장고를 가득 채웠다며 더는 넣을 데가 없으니 다른 형제 주라고 사양했다. 하지만 아랑곳하지 않고 차에 실어주었다. 시어머니 김치는 젓갈을 많이 넣었기 때문에 버무렸을 때 곧바로 먹기에 좋다. 남편과 딸은 익은 김치보다는 갓 버무린 시어머니 김치를 좋아한다. 그러나 냉장고에 공간을 만들기 위하여 작업을 다시 할 생각을 하니 끔찍했다. 그래도 남편과 딸아이가 좋아하니 못이기는 척 가지고 왔다.

내가 영양사로 근무하던 어린이집에서는 매년 연말이 되면 큰 행사로 김장을 했다. 직원들과 어린이들이 겨울부터 봄까지 먹을 식량이다. 영유아들이 먹을 깍두기는 작게 썰어서 담그기 때문에 많은 양을 써는 일이 가장 큰 부담이었다. 요즘은 배추를 절여서 판매하고 있기에 재료 속에 들어갈 채소만 다듬고 씻고, 버무리면 된다. 조리사들이 점심과 간식시간이 끝나고 준비를 해야 하기 때문에 나는 대파와 쪽파 무 갓 미나리를 다듬어주곤 했다. 값싸고 영양가도 풍부한 배추로 만든 김치 없는 식단은 상상도 할 수 없다. 11월과 12월은 우리 집에서 먹을 김장과 어린이집 두 곳에 김장을 하고 나면 한해가 금방 저물었다.

●

최정란

E-mail : chrnch@hanmail.net

초인적인 힘
물을 좋아하지는 않았는데
엄마의 어린 시절

초인적인 힘

온종일 땡볕이 내리쬐는 고약한 여름 날씨다. 아스팔트 위에는 열기로 만들어진 아지랑이가 보는 것만으로도 현기증을 일으킨다. 45년쯤 되었을까? 그때도 지금처럼 날씨가 고약했다. 나는 학생이었고, 여름방학 때 아르바이트를 했다.

나는 햇빛 쬐는 걸 좋아했다. 1980년대 초에 여름방학 동안 자동차 수리를 겸했던 주유소에서 아르바이트로 일했다. 당시에는 곱슬머리 여학생이 주유소에서 일하는 모습을 보기가 쉽지 않았다. 자동차 면허를 취득하기 전, 나는 자동차 기본 엔진 체크를 먼저 배웠고, 손에 기름을 묻혔다. 자동차 엔진오일, 미션오일, 브레이크오일, 앞 유리 워셔액, 타이어 공기압 체크 등을 맡아했다. 그리고 여러 종류의 자동차 후드와 주유탱크 캡 여는 방법을 배웠다.

주유소에서 나의 별명은 '행복한 머슴아이'였다. 나는 용돈을 벌기 위해서 기능공들이 입는 긴 청작업복을 입고 운동화를 신고 기름을 묻히며 이 주유탱크 저 주유탱크를 단거리 도보선수처럼 바삐 움직였다. 순간순간 주유소로 들어오는 차를 주시하면서 밝게 인사하고, 즐거운 마음으로 일하였다.

그날도 주유소는 손님이 끊이지 않았다. 일을 하면서 곁눈질로 주변을 살피는 것은 기본이었다. 저만치 대기 중인 자동차 앞 후드가 열려 있었다. 하루 일과 중 저녁식사 시간이 되면 자동차를 건물 안쪽으로 옮겨놓아야 했다. 한 동료가 엔진 변속기 수리 중인 자동차인 줄도 모르고 차고에 넣기 위해 그 차에 시동을 거는데, 엔진소리가 심상치 않았다. 곧이어 자동차에서 연기가 나고 엔진에 불꽃이 생기더니 삽시간에 불이 붙기 시작했다.

"어! 어! 불, 불이 붙었어!" 나는 자동차 시동을 건 동료에게 고함지르며 건물 안으로 뛰어들어갔다. 주유소 벽에 걸린 공업용 소화기를 부여안고 벽에 붙은 쇠고리로부터 분리하기 위해 위로 번쩍 올려 소화기를 들고는 정신없이 단숨에 뛰었다. 빨간 소화기를 들고 뛸 때는 마치 깃털 하나 안고 가는 것처럼 무거운 줄도 몰랐다.

'불을 끄자.' 오로지 불을 꺼야 한다는 생각뿐이었다. 나는 속으로 '당황하지 말자. 침착하자'라고 외치면서, 소화기를 신속하게 불붙은 자동차 옆에 내려놓았다. 검정 고무호스를 불에 겨냥한 후, 소화기에 부착되어 있는 안전핀을 뽑고 핸들을 눌렀다. 하얀 분말이 분사되면서 타오르던 불은 힘없이 가라앉았다. 불이 꺼진 걸 확인하고 소화기를 제자리에 갖다놓으려는데 이번에는 그것이 꿈적도 하

질 않았다. 다시 들어봤다. 마찬가지였다. 소화기는 시멘트 바닥에
딱 붙어버린 것처럼 내 힘으로는 도저히 옮길 수가 없었다. 평소 벽
에 걸린 소화기를 보면서, '저걸 사용하기는 할까?' 하고 무심코 지
나쳤는데, 그날 이후로는 대단한 물건이라는 걸 알았다. 그곳을 지
날 때마다 경건한 마음으로 소화기를 쳐다보곤 했다.

나는 성격이 등 뒤에 불이 붙어야 뛸 만큼 느긋한 편이었다. 갓
스무 살을 넘었을 때 인생 처음으로 불같은 민첩성을 발휘했다. 위
급한 상황에 닥치니 잠재된 순발력으로 민첩한 행동을 할 수 있었
고, 그 힘이 엄청나다는 것에 놀랐다.

나는 인간에게 초인적인 힘이 존재한다고 믿는다. 힘이 부친 사
람에게 "불이야!" 하고 소리지르면 살아남기 위해 죽기 살기로 뛸
수도 있다는 사실을 난 믿는다. 살면서 그때를 생각하면 무엇이든
할 수 있다는 힘이 생긴다.

물을 좋아하지는 않았는데

중년이 지나서 다시 수영을 시작하였다. 각종 대회에 참가하였고, 잊었던 나를 하나씩 되찾아갔다. 나에게 수영을 처음 알게 해준 아버지를 떠올리는 일은 언제나 즐겁다. 수영은 푸르렀던 나의 시간을 거슬러오르는 행위이다. 언제든 나는, 기꺼이 물살 가르며 나아갈 준비가 돼 있다.

어린 시절에는 수영을 그리 좋아하지 않았다. 여름방학 때 친구들과 물놀이를 즐기기는 했어도 거기까지였다. 아버지와 함께 갔던 수영장은 크고 깨끗하여 수영할 마음이 생겼다. 푸른 색으로 깔끔하게 페인트칠을 해놓은 수영장은 물까지 파래서 마음에 들었다. 사람들도 별로 없어서 자유롭게 수영이 가능했다.

내가 초등학교 6학년이고 남동생은 3학년 때 일이다. 아버지는 나와 동생에게 아직도 수영을 못한다면서 여름방학을 이용해 수영을 가르쳐주셨다. 수영장 바닥에 발끝이 닿지 않는 동생한테는 입영(물속에서 머리만 물 위로 올려 자유롭게 호흡하고, 팔과 다리를 계속해서 움직이며 구조를 기다리는 방법)을 먼저 알려줬다. 동생은 "물속에서 춤추고 있어!" 하고 낄낄 웃으면서 재미있다고 잘도 따라 했다. 나는 까치발로 서면 바닥이 닿았다. 아버지를 따라 자유형을 배우다가 숨쉬기 위해서 목을 옆으로 돌리는데 타이밍을 놓쳐 물 한번 꿀꺽 마시고, 콧속으로 물이 들어가 정신이 아찔했다. 깩깩거리며 아버지 어깨에 매달려 호흡을 정리했다. 그때부터는 수영 배울 생각은 하지 않고, 동생이 수영하는 모습을 부러운 눈초리로 바라보았다.

아버지는 나의 마음을 알고 있었는지 허허 웃기만 하셨다. 동생은 발로 첨벙첨벙 물장구를 치며 목을 옆으로 비스듬히 돌려 숨을 쉬고는 물속으로 머리를 넣고 앞으로 차츰차츰 나아갔다. 나보다 운동신경이 발달해서인지 아버지의 가르침을 잘 따라했고, 혼자서 다른 운동도 곧잘 했다. 나는 머리를 넣지 않아도 되는 가장 기본적인 '개헤엄'을 했다.

물놀이를 한 후 간식을 먹으면서 수영의 중요성에 대한 아버지의 체험담을 들었다. 아버지는 피난 때 물에 빠져죽는 줄만 알았는데 수영을 할 줄 알아서 생존의 기회를 얻었다고 한다.

1951년 1·4후퇴(1950년 12월 31일~1951년 1월 7일) 후, 아버지는 어둠이 짙은 밤을 이용해 배를 타고 피난길에 올랐다. 목포항 근처에 도착할 무렵 갑자기 거센 풍랑을 만나 아버지를 태운 배가 난파

되었다. 승선한 대부분의 사람들은 순식간에 물에 빠졌고, 아버지는 수영을 할 줄 알아서 죽기 살기로 그 험난한 파도를 헤치며 해변으로 올라올 수 있었다. 기진맥진한 상태로 해변에 누워서 거친 숨을 고르고 있을 때였다. 어렴풋하게 바닷가에서 사람소리가 들렸다.

 "살려주세요! 살려주세요!" 어두운 밤이라 아무런 형체도 보이지 않았지만 소리가 들리는 바다 쪽으로 희미하게 누군가 두 손을 번쩍 들고 아버지를 향해 간절히 손짓하는 것 같았다. 다급한 상황이었다. 그 사람은 점점 물속으로 빠져들어갔다. 아버지는 살려달라는 사람을 구하기 위해 겁 없이 매서운 바닷물에 다시 몸을 던졌다. 젊은 혈기였다. 그 사람을 구하긴 했지만 너무 힘이 든 나머지 하마터면 당신이 바다에 빠져죽을 뻔했다고 하는데, 내 손에 힘이 다 쥐어졌다.

 사람이 물에 빠지면 살고 싶은 마음에 지푸라기라도 잡으려한다고 했다. 구해주려는 이를 잡아당겨 둘 다 함께 죽기도 한다는데, 물에 빠진 사람을 구해줄 때는 같이 물로 들어갈 것이 아니라 밧줄이나 구조장비를 이용하라고 일러주었다. 구조장비가 없는 상태라면 물에 빠진 사람을 기절시키거나 뒤쪽에서 목을 팔로 감아 끌고 나와야 구조가 가능하다고 그날 아버지는 우리에게 가르쳤다.

 초등학교 6학년 때 끝까지 수영을 배우지 못한 나는 40대 중반이 되어 유산소운동을 하기 위해 다시 수영을 배우기로 결심했다. 내

인생에서 수영을 배울 수 있는 마지막 기회라는 각오로 제대로 된 강습을 받았다. 아버지를 닮아서 내가 폐활량이 좋다는 것을 뒤늦게 알았다. 초급반에서 중급반을 거쳐 고급반에 오르기까지 1년 넘게 열심히 꾸준하게 강습을 받았다. 어릴 때는 물을 무서워했는데, 중년이 되고 보니 그런 것도 극복 가능했다.

대회에 출전하는 고급반 동호인들 중 나는 비교적 신입회원에 가까웠다. 그럼에도 지구력이 좋다는 장점 하나로 처음 서해 만리포 3킬로미터 장거리 완주에 도전했다. 대회에 완주하기 위해 두세 달 동안 매주 토요일마다 동호인들이 모여 한 시간씩 쉬지 않고 맹연습을 했다. 연습시간이 종료되면 동호인들 얼굴이 모두 상기되어 몸에서 나는 열기로 수영장 물이 따뜻해졌다. 연습을 끝낸 동호인들은 모두 해장국을 아침으로 먹고는 다음 주 토요일 만남을 약속하며 헤어지곤 했다. 시합 후 우리는 한 사람의 낙오자도 없이 무사고로 전원 완주한 걸 축하하며 서로를 격려했다.

2년 후 나는 뚝섬에서 출발하여 한강을 건너는 경기에 참가했다. 그 후 1년 뒤 미사리 3킬로미터 경기에도 출전했다. 나는 40대에 서해, 한강, 미사리 순으로 멋지게 완주했다.

40대 후반쯤 8·15 광복절을 기념하여 뚝섬에서 출발해 한강을 건너는 대회가 있었다. 물속으로 들어갔지만 바로 출발하지 않았다. 붙잡을 곳도 없는 상태에서 계속 입영을 하며 출발신호를 기다려야 했다. 그 기다림이 수영하는 것보다 더 힘들었다. 얼마 만에 출발하라는 신호가 들렸다. 앞에서부터 움직이기 시작했고 나도 도착점을 향해 헤엄쳐갔다. 물속은 전방 50센티미터 넘어는 보이지 않았으며 그마저도 흙빛이었다. 갑자기 불안감이 몰려왔다. 나의 현황이 암담했다. 중간쯤 지났을까, 그날 따라 수영하는 게 너무 힘이 들었다. '그만하고 싶다'고 속으로 중얼거렸다. 수영을 그만 멈추고 싶었다. 힘들 때 경기 주최측에서 구조 안전을 위해 띄워놓은 배에 타면 그대로 실격 처리된다. 그것만은 내 자신이 용납되지 않았다. 누구나 그러하겠지만 나는 '도중하차' 하는 걸 좋아하지 않는다. 이를 악물었다. 그때, 1960년대 수영으로 한강을 왕복했던 아버지가 떠올랐다. 1960년대 초까지만 해도 한강에서 수영하는 시민들이 더러 있었다. 그때는 한강이 더러웠다는 말은 듣지 못했다. 그간 세월도 흐르고 오염도 짙어졌으니 더러워졌을 수밖에⋯.

바닷물은 염분이 많아 몸이 뜰 수 있으니까 수영하기 수월한 반면, 한강은 물살이 서쪽으로 흐른다. 아무리 직선으로 수영을 하려 해도 나의 의지와 관계없이 조금씩 서쪽으로 떠내려간다. 그래서 전방에 있는 도착 풋말을 수시로 보면서 수영을 해야 한다. 나의 의지와 상관없이 물살 따라 떠내려갈 수 있음을 처음으로 느꼈다.

날씨는 딱 좋았는데, 그날 따라 물살이 유난히 거셌다. '에라! 모르겠다.' 나는 잠깐이라도 쉬고 싶었다. 유유히 흐르는 한강물 위에 누워서 아버지 계신 하늘을 바라보았다. '아버지! 저 지금 한강 건너고 있어요. 아버지가 가르쳐주실 때 열심히 배울 것을⋯. 제가 완주할 때까지 지켜봐주세요!' 속으로 중얼거렸다.

　이상했다. 마치 아버지와 마주 앉아 이야기하고 난 것처럼 피곤이 싹, 사라졌다. 또 거짓말처럼 힘이 샘솟았다. 나는 몸을 뒤집어 한강의 물살을 헤치며 멋지게 나아갔다. 자유형으로 때로는 하늘을 나는 나비처럼 접영으로, 가슴 속 나의 아버지와 함께 신나게 날아 도착점을 찍었다.

엄마의 어린 시절

　'화홍'은 엄마의 아명兒名으로, 어릴 적에는 식구들이 '화홍'이라고
불렀다. 가족관계등록부에는 순할 '순順' 자에 사랑 '애愛' 자로 나와
있다. 엄마는 2남 3녀 중 맏딸로 태어났으며, 외할아버지가 무척 예
뻐했고 사랑했다. 나의 외갓집 식구는 외할아버지, 외할머니, 큰외
삼촌, 엄마, 큰이모, 둘째이모, 그리고 막내외삼촌으로 다복했다.
엄마의 어린 시절을 상상하는 일은 퍽이나 행복하다.

　엄마의 고향은 황해도 해주시 재령군 장국리 미럭거리이다. 그때
만 해도 옛날이었는데 2층집을 짓고 살았다. 외할아버지는 건어물
상을 운영했고, 외할머니는 식당을 열어 돈을 벌었다. 기와집 옆에
붙은 초가집은 중국인한테 세를 놓았고, 중국식당에는 항상 손님이
많았다. 중국식당 사장은 설날, 단옷날, 추석날 등 특별한 날에는
중국의 정통요리를 만들어 우리 식구들과 나누어 먹었다. 남쪽으로
내려온 이후로 그렇게 맛난 중국요리는 처음이었다는데, 한국 5대

(설과 대보름, 한식, 단오, 추석, 동지) 대표 명절 중에 음력 5월 5일 단옷날은 엄마의 생일이다. 생일에 별식을 먹은 것이니 어른들께 특별히 사랑받았다고 느꼈는지도 모르겠다.

엄마가 그려준 어린 시절 외갓집 주변 풍경은 눈에 보일 듯 사실적이다. 삐뚤빼뚤하긴 해도 거의 빠짐없이 사진처럼 그렸기에 어린아이가 그린 지도책처럼 정겹고 친절하다. 연필로 그린 집 주변 지도에는 사방 표시를 해두었다. 동서남북을 줄자 대고 반듯하게 그었고, 친절하게도 군데군데 건물 표시를 해두었다. 나는 그림 속 동네를 여러 차례 거닐었다.

동쪽으로 큰외삼촌의 처가를 지나면 큰외삼촌이 근무했던 면사무소이다. 그곳을 조금 벗어나면 마을을 상징하는 병원이 나온다. 서쪽으로 교회가 있고, 엄마가 다녔던 학교가 우두커니 서 있다. 학교 뒤쪽 멀찍이 장수산이 보인다. 길 건너 맞은편 선산에는 큰외할아버지 산소가 있다. 남쪽을 내려다보면 파출소가 나온다. 그곳을 지나면 종다리온천이다. 남동쪽으로도 온천이 하나 더 있는데 그곳 온천 이름은 신촌온천이다. 북쪽으로 올려다보면 미륵역이 있고 길 건너편으로 여관 하나가 있다.

외할머니는 목욕을 하기 위해 근거리에 있는 신촌온천과 종다리온천을 엄마와 함께 다녔다. 온천이 끝나면 모녀가 장엄한 장수산(황해남도 재령군에 있는 높이 747미터의 산으로 황해도 금강산이라 불린다)을 구경했다. 할머니는 큰딸인 엄마에게 각별했는데 늘

새옷만 해 입혔다. 명절 때는 엄마와 큰이모에게 양단 털배자와 모분단 저고리를 까치설빔으로 해주었다. 엄마는 여름방학 때 외할아버지를 따라 과수원에도 가곤 했는데, 그곳에서 과일을 넉넉히 사왔다. 광에는 다양한 과일과 곡식이 항상 가득 채워 있었다고 한다.

엄마는 어려서부터 큰외삼촌과 많은 시간을 보냈다. 여자 친구들보다 큰외삼촌의 동네 사내친구들과 같이 놀았다. 사내아이들에 비해서 키도 뒤지지 않을 정도로 컸다. 그렇게 지내던 어느 날, 그들과 뛰어놀다가 몸을 숨기려고 집 뜰 안에 있는 오래된 대추나무 위로 올라갔다. 그때 발을 헛디뎌 떨어지면서 가지에 걸린 다리에 상처를 입었다. 그때 받았던 훈장이라고 바지를 올리고 당당히 보여줬지만 세월이 훌쩍 흘러서인지 무릎 위 그 훈장은 내가 보기에는 그다지 크지 않았다. 아마도 어렸을 때 놀란 충격으로 엄마한테는 그 상처가 크다고 느껴지는 모양이었다.

큰외삼촌은 엄마보다 허약해서 건강 음식으로 귀한 인삼을 달고 먹었다. 외할머니는 쓴 인삼을 외삼촌이 쉽게 먹을 수 있도록 꿀과 함께 내주었다. 엄마는 외삼촌이 그걸 다 먹을 때까지 지켜봐야 했다. 그런데 큰외삼촌은 인삼은 안 먹고 인삼에 묻은 꿀만 달랑 빨아 먹었다. 그러고 남은 인삼은 엄마 입속에 넣어주었다. 그 후로도 계속 그 일이 오래 이어졌다. 그래서인지 엄마는 잔병치레 없이 어린 시절을 보냈고 출가를 하여 다산을 했는데도 건강한 몸을 유지하였다. 그 비결이 큰외삼촌이 침 발라준 인삼을 꾸준히 먹은 덕이라고 하여 식구들 모두가 껄껄껄 웃었다.

외갓집 옆에는 포수가 살았다. 그가 꿩, 노루, 사슴, 산돼지 등을 잡아오면 외할아버지는 그 피를 종지기에 담아서 엄마에게 마시게 했다. 너무 역해서 다 못 먹으면 외할아버지는 그것을 솜에 흠뻑 담가 말린 후에 저장음식으로 보관했다.

어느 날 외할아버지는 큰외삼촌이 학교 입학시험을 치르고 집에 오는 길에 엄마 선물로 세일러복 한 벌과 털실을 가방 가득 담아오셨다. 엄마 솜씨가 야무진 것을 외할아버지는 알고 계셨다. 뜨개질 하라며 엄마에게 색색가지의 귀한 털실을 사다주신 것이다. 엄마는 초등학교 때 유일하게 세일러복을 입고 다녔다. 맏딸이기도 했지만 할아버지는 엄마에게 각별했다.

엄마가 열네댓 살쯤 되었을 때 만주에 사는 엄마의 고모할머니, 큰아버지, 큰엄마, 그리고 두 명의 사촌형제가 다니러왔다. 그들은 하나같이 중국인 옷차림과 신발을 신고 있었다. 선물로 붓, 담뱃대, 벼룻돌, 책, 사탕 등을 가져왔다. 어른들은 중국말을 섞어가며 말했다. 엄마는 호기심이 발동하여 방문 밖에서 엿듣다가 문을 열고 안으로 들어갔다. 외할아버지는 엄마에게 새알사탕을 쥐어주며 "나가 놀아라" 했는데 그러고 싶지 않아서 그분들의 이야기를 들었다고 한다. 이야기 속에 등장하는 인물이 누군지는 모르겠으나 만주에서 고기를 땅속에 묻어놓고 살았는데 마적들이 말 타고 와서 다 빼앗아갔다고 했다. 엄마의 사촌형제들은 엄마와 비슷한 나이인데도 한국말을 못하고 엄마는 중국말을 못해서 서로 멀뚱멀뚱 얼굴만 마주 보았다고 한다.

외할아버지는 큰외할아버지의 빈 가방에 그분이 필요한 것들을 가득 채워주었다. 오실 때 모습 그대로 그분들은 깊은 밤에 만주로 떠났다. 외할아버지는 일제 강점기 때 돈을 열심히 벌어서 만주에 살던 큰외할아버지가 하는 활동에 오랫동안 도움을 줬다고 들었다. 큰외할아버지는 만주에서 살다 돌아가실 때에는 고향으로 돌아와 외할아버지 집에서 운명하셨다. 장례식 때에는 여기저기에서 깃발이 많이 들어와 행렬이 굉장했다. 엄숙하기보다는 휘황찬란하였다. 태어나서 그런 긴 행렬은 처음이었다.

외할아버지가 갑자기 쓰러진 건 그러던 어느 날이었다. 저녁 6시에 갑작스런 통보를 받고 외할머니와 엄마가 내려갔을 때는 외할아버지가 돌아가신 다음이었다. 외할머니는 그 뒤로 생활고에 허덕였다. 그 와중에 소작농들까지 변심하여 외할머니 생활이 더 어려워졌다. 옛말에 정승집 개가 죽으면 조문객이 문지방이 닳도록 드나들고, 정승이 죽으면 주위 사람 누구도 오지 않는다고 했는데, 우리 외가가 딱 그랬다.

그 옛날에 어린 여자아이가 사내아이들과 뛰어놀며 겁도 없이 대추나무에 올랐다는 이야기는 듣기만 해도 신선하다. 엄마는 건강한 말괄량이가 아니었나 싶다. 그 이야기를 들어서였을까? 내가 본 엄마는 결정해야 할 때는 대장부처럼 바로 결단을 내렸고, 돌아가실 때까지 소신 있는 삶을 살았다.

"부모 슬하에 있을 때 잘 먹고 잘 사는 것이 인생에서의 참 행복이다"라는 말씀을 늘 하셨던 나의 엄마. 엄마의 그 말은 지금도 나의 지침이 된다.

한복용

수필가, 문학평론가
저서 『우리는 모두 흘러가고 있다』 『지중해의 여름』 『꽃을 품다』 『청춘아, 아프지 말자』
제19회 황의순문학상 수상
(사)한국수필문학진흥회 이사
'더수필' 선정위원
E-mail : hayeul67@hanmail.net

덕德은 가르쳐지지 않는다

그게 뭐라고

신고왕

덕德은 가르쳐지지 않는다

"수필 쓰는 법 좀 가르쳐줄 수 있어요?"

때로는 지인으로부터 이런 요청을 받기도 한다. 그럴 때마다 "저는 누굴 가르칠 능력이 없어요"라며 사양하는데, 그것도 매우 난처한 일이다. 혹여 듣는 이에게 오만하게 보일까봐서다.

어떤 이들은 자신이 쓴 글을 내게 이메일로 보내고 수정해줬으면 한다. 어떤 때는 사양도 하고 어떤 때는 마지못해 다듬어주기도 하지만, 그것도 '나라면 이렇게 하겠어요' 정도일 뿐이다. 어느 쪽이든 내 마음은 편치 못하다. 내 손을 거치면서 글쓴이의 생각이 변질되지는 않았는지, 그래서 글의 모양이 흐트러지지 않았는지 늘 신경이 쓰인다. 사람마다 문장의 특징이 있게 마련인데, 내가 손을 보탬으로써 그 사람의 작품이 훼손되었을까 걱정되는 것도 마찬가지이다.

사양을 하면서 등단 초기의 나를 돌아다보게 된다. 나 역시 그때는 막연했다. 수필이 무엇인지 전혀 모르고 발을 내딛은 거였다. 희미한 실마리를 붙잡기까지 3년여쯤 걸렸다. '어쩌다', '얼떨결에' 수 필가가 된 것 같기도 하고, 이 길이 내게 맞는지에 대해서도 거듭 되 묻게 되었다. 지난 11년 동안 나는 간헐적으로 나를 의심하고 자주 회의했다. 이렇듯 나는 내 글 한 편 쓰는 것도 쉽지 않았다.

그러기에 남을 가르치는 일은 엄두도 나지 않고, 그럴 만한 여유 도 없다. 아직 이렇다 할 상을 받은 적도 없고, 이름을 떨치지도 못 했다. 어떤 작가는 책 한 권으로 유명해지고, 또 어떤 작가는 작품 한 편으로 유명한 문학상을 받는다. 그런가하면 어떤 작가는 발표 하는 글마다 평론가들의 주목을 받는다. 그들에 비하면 나는 아무 것도 아니다. 나의 어떤 점을 보고 자신의 글을 보내는지 알 수가 없다. 궁금하지만 묻는 것도 솔직히 겁이 난다. 허나, 프로 스포츠 의 경우 꼭 좋은 선수가 좋은 감독이 되는 것은 아니라고 한다. 골 프 코치들은 대부분 유명한 골프대회에서 상을 받은 경력이 없다. 마라톤에서 페이스메이커는 선수가 무사히 자신의 실력을 발휘할 수 있도록 일정 구간 함께 뛰면서 그의 페이스를 돕는다. 그런 것들 이 수필에도 적용되는지는 모르겠다. 여하튼 글을 쓰고 책을 내는 것과 좋은 선생이 되는 것은 별개의 영역이라고 생각된다.

언젠가 나는 텔레비전을 보다가 가수 조영남이 하는 말을 들었 다. 그는 친구인 소설가 김한길에게 글 잘 쓰는 법을 가르쳐달라고 했다. 김한길은 글 쓰는 법은 알려주지 않고 샐린저Jerome David Salinger의『호밀밭의 파수꾼』을 열심히 읽으라고 권했다. 『호밀밭의 파수꾼』은 아주 단순한 내용을 훌륭하게 스토리텔링한 작품이었다. 김한길이 조영남에게 가르침 대신 그 책을 추천한 것은 생각할수록 근사한 일이었다.

　나는 내게 강의 요청이 올 때마다 다른 이를 소개하면서 '기초부터 잘 가르칠 거예요'라고 말한다. 그러나 오래 지나지 않아 그에게서 불평을 듣는다. 기초부터 배우는 것이 시시하다는 것이다. 기본기보다는 스승의 특별한 비밀병기를 기대했던 것일까.

　문득, 수필 쓰는 기술을 전수한다는 이들은 어떻게 가르치는지 궁금해진다. 도제徒弟수업을 하듯이 제자들을 가르칠까? 아니면 자신의 수공업적 경험을 아낌없이 모두 전수하는 것일까?

　이런 의문들을 품고 지내던 중 우연히 플라톤의 저서『프로타고라스』를 선물받았다. 얼마쯤 읽다가 한 문장을 보고 내 마음에 번개가 치는 것을 느꼈다. 플라톤은 소크라테스의 입을 빌어 프로타고라스에게 말했다.

　"가장 지혜롭고 가장 뛰어난 인물이라 할지라도 그의 덕을 다른 사람에게 줄 수는 없는 일입니다."

　덕은 개인이 가진 훌륭한 재능이다. 그러니까 나의 재능을 다른 이에게 가르칠 수 없다는 뜻이다. 프로타고라스는 "만일 자네가 내게서 학문을 배운다면 자네는 그날부터 훨씬 슬기로운 사람이 되어 집으로 돌아갈 걸세"라고 응수한다.

소크라테스의, 아니 플라톤의 주장은 모든 인간의 영혼이 가진 지식의 양은 똑같다는 것이고, 다만 개인에 따라 육체성이 그 영혼을 가리고 있으니 영혼 속에 들어 있는 지식을 스스로 꺼낼 수 있도록 자극을 주면 된다는 것이다. 이를 위해 소크라테스가 개발한 것이 문답법이었다. 해법을 일러주는 게 아니라 물음을 통해 상대방이 스스로 깨닫게 하는 방법이었다. 그렇게 하면 마치 하드디스크에 들어 있던 정보가 모니터에 출현하듯이 영혼 속에 숨어 있던 지식이 튀어나온다. 그 지식은 가르치는 자의 것이 아니라 배우는 자가 이미 가지고 있다는 뜻이다. 그렇다면 소위 선생들이 말하는 '내가 쌓거나 익힌 모든 것을 전수한다'는 주장은 설득력을 잃게 되고 만다.

나의 스승은 내가 쓴 글을 펼쳐 보이며 이 부분이 미심쩍다며 그곳에 손가락을 대고 연거푸 질문을 던진 적이 있다. 그분은 내가 하고자 하는 말을 충분히 풀어내지 못했음을 이미 알고 있었다. 내 입으로 그 말이 튀어나오기만을 기다리다가 급기야 그 문장에 있어야 할 말이 들어가면 그때서야 '옳거니!' 하셨다. 제자의 미비한 점을 짚어주고 스스로 터득할 때까지 기다리는 인내야말로 스승의 참사랑이 아닐까 싶다.

소크라테스는 소피스트들에게 '영혼의 양식이 되는 학문을 마치 상품처럼 파는 자들'이라고 비판한다. 그도 그럴 것이 소크라테스가 가장 자랑스럽게 생각한 것이, 자신은 일평생 돈을 받고 지식을 판

적이 없다는 사실이었다. 나 역시 가르칠 실력도 없지만 무엇보다도 내 영혼의 보잘것없는 양식을 그럴듯하게 포장해서 남에게 파는 것에는 더더욱, 재주도 용기도 없다. 스무 해 가까이 꽃을 다뤘지만 재능기부 수준의 수업 외에 이렇다 할 강의를 하지 않았다. 가르치는 일은 내 길이 아니라는 생각에서였다. 시장에서 사온 꽃을 디자인해서 적절한 가격을 받고 팔고는 있지만 내가 파는 것은 꽃이지 꽃을 디자인하는 기술은 아니었다. 마찬가지로 글동네에서 사람들에게 내가 보여주는 것은 나의 글이지 글을 쓰는 기술은 아니다.

수필이 인격의 향훈에서 우러나오는 덕성의 문학이라면 가르쳐서 될 일은 아닌 것 같다. 오늘도 나는 남을 가르칠 엄두는 내지 못한 채 더듬거리며 자문한다. 수필은 과연 가르쳐서 완성될 수 있는 것인가.

그게 뭐라고

대여섯 살 정도의 남자아이가 내가 앉아 있는 옆 그네를 타려고 바둥거렸다. 통화 중이었던 나는 아이의 움직임이 재미있어 곁눈으로 지켜보았다. 볼캡을 쓴 노란 티셔츠의 아이 얼굴은 볼 수 없었다. 끙끙거리는 소리에서 그네에 오르겠다는 간절함이 들려왔다. 그 아이의 노력은 힘찼지만, 그네 높이를 보면 어림도 없어 보였다. 통화를 하면서도 그 아이가 계속 신경쓰였다. 내 눈은 아이한테 가 있고 몸까지 반쯤 돌아가 있었다.

내가 그네를 타는 방식은 춘향이나 향단이 식이 아니다. 왔다갔다 약하게 타거나 양쪽 발이 모래바닥에 닿은 채로, 발끝을 이용해 흔들의자 굴리듯 살랑이며 탄다. 이번엔 거의 움직이지 않고 있다가 아이를 바라본 것이다. 바둥대던 아이와 눈이 마주친 건 얼마 후였다. 내 발이 바닥에 닿은 걸 확인한 아이가 시선을 옮기면서 나를 보았다. 잠깐의 마주침과 동시에 곧바로 앞을 주시한 아이는 다시 그네타기를 시도했다. 여전히 역부족이었다. 그네는 아이 스스로 엉덩이 올리는 것을 허락하지 않겠다는 듯 계속해서 미끄러뜨렸다. 까치발을 해도 마찬가지였다.

보다 못한 내가 통화를 잠시 멈추고 아이한테로 갔다. "내가 도와줄게" 하고는 그네 뒤에서 아이의 팔 사이로 손을 걸쳐 간단하게 그네 받침에 올려주었다. 그런데 아이가 그네에 앉자마자 당황하는 몸짓으로 누군가를 향해 크게 소리쳤다.

"할머니~ 여기 이 할머니가 저를 도와준 거예요."

순간 아차, 싶었다. 아이의 동의도 구하지 않고 무작정 행동한 내 의지가 잘못됐음을 바로 알아챘다. "도와줄까?" 그 한마디도 묻지 않고 덥석, 아이를 안듯이 들어올린 것이다. 여전히 생각이 짧은 나를 탓해보지만 이미 아이는 서너 번 그네를 출렁인 뒤였고 그네는 앞으로 뒤로 또 서너 번 움직이고 있었다. 잠깐의 찰나가 긴 생각을 끌어들였다.

고개를 돌려 놀이터 밖을 보니 아이의 할머니인 듯한 여인이 조금 더 어려보이는 사내아이 손을 잡고 놀이터 쪽을 보고 있었다. 아이는 낯선 사람 손길은 조심해야 한다고 배웠을 터이다 그렇지 않고서야…. 그 여인이 자기 쪽으로 손짓을 하자 아이가 그네에서 내려 쪼르르 할머니한테로 달려갔다. 나도 여인도 고개숙여 인사했다.

꼬마아이 손을 잡고 있던 할머니도 그네를 타던 아이도 놀이터 울타리 편백나무 사이로 늦가을 그림자 꽁무니 사라지듯 모습을 감

●

추었다. 나는 기분이 참 묘했다. 변해버린 시대의 쓸쓸함 때문만은 아니었다. 얼핏 스친 기분. '할머니'라는 '소리'가 실마리인지 꼬리인지를 붙든 채로 떨어지지 않았다. '할머니'라는 부름이 주는 순간의 어색함이랄까. 우리 아이들이 불렀을 때와는 또 다른, 그런 느낌이었다.

  형제가 많은 나는 일곱 번째로, 위로 오빠 셋과 언니 셋, 밑으로 여동생이 있다. 위 형제의 아이들이 이미 혼인하여 제 아이들을 낳았다. 그러니 나는 할머니 소리를 들은 지 퍽 오래되었다. 가장 큰 아이가 올해 고등학교 3학년이다. 이제 막 말문이 튼 아이도 어눌하게나마 '이모할머니'라고 구분해서 부른다. 할머니 소리를 그간 수도 없이 들었음에도, 처음 보는 아이에게서 그날 들은 '할머니'는, 충격까진 아니어도 약간, 묘한, 이상한 기분이 들었다. 낯선 이들한테 '아줌마' 소릴 들었을 때와는 체감이 다르다. 당시는 오히려 아줌마라고 먼저 밝혔다. 이번에는 한마디로 정의할 수 없는 기분이었다. 그것은 내가 나이를 들었다는 자각에까지 이르렀다.

  그러고 보니 나이듦은 이곳저곳에서 이미 신호를 보내왔던 터다. 멋내기용이 아닌, 흰 머리카락을 감추기 위한 염색머리를 시작한 지도 언제였는지 모르게 오래되었다. 돋보기를 쓴 지도 18년째이고 폐경을 한 지도 6년이 지났다. 점점 신경이 예민해지고 피부 탄력이 눈에 띄게 떨어졌다. 아직 챙겨먹는 약은 없지만 올해 건강검진 후 보험공단에서 받은 이메일은 나를 이상한 쪽으로 밀고 갔다.

검진을 하던 그날, 혈압이 높다고 두세 번 거듭 체크했는데, 결과는 고혈압으로 분리되었다. 평소 내 혈압은 저혈압 수준이었는데 뭔가 싶었다. 심뇌혈관 나이는 나보다 열일곱 살이나 많은 큰언니와 62세로 같이 나왔다. 당뇨는 주의 수치이고 콜레스테롤 수치는 낮아서 관리가 필요했다. 거기에 신장에 염증이 있어, 한 달 안에 내과진료를 요한다는 내용을 적어놓았다. 바쁜 일정에 치여 차일피일하던 중에 또 재촉문자를 받았다. 그것이 신경쓰여 고민상담 겸 통화 중이었는데 아이한테서 '할머니' 소릴 들은 것이다.

나이듦을 순순히 받아들이겠다고 큰소리 뻥뻥 쳤는데, 그게 뭐라고 할머니 소리에 긴장하고, 신체 변화에서 오는 반응에 민감해졌다. 막연한 생각과 현실에서 부딪히는 실제상황은 확연히 다르다는 걸 알면서도 그것을 온전히 받아들이기에는 아직 마음의 준비가 덜 되었는가보다.

통화를 마치고도 날이 어둑해지도록, 나는 놀이터를 벗어나지 못했다. 상념인지 잡념인지에 붙들려 계속 그네만 흔들었다.

바람이 인다. 서늘한 기온에 그네를 붙든 손이 차갑다. 그때서야 삐걱대는 그네에서 내려온다. 놀이터를 지키는 오래된 살구나무 잎들이 일제히 나를 쳐다본다. 그 잎들 사이로 저녁 빛이 느리게 출렁인다.

신고왕

　스마트폰을 들여다보던 케이가 55번째 신고가 수용됐다며 중얼거렸다. 작년 여름부터 시작한 신고라는데, 무슨 말인지 의아했다. 그는 안전신문고 앱을 통해 여러 가지 신고들을 해왔고, 가장 많이 하는 것은 장애인주차구역 불법주차라고 했다.

　그가 이 일을 시작한 건 장애인주차구역에 오랫동안 주차한 얌체 차량을 보다 못해 구청에 신고하고부터였다. 그때까지만 해도 제대로 실력 발휘를 못했는데, 빈도가 늘면서 의욕이 발동했다. 구청 소속으로 불법주정차를 단속하는 이들이 있지만 관리해야 하는 범위가 워낙 넓다보니 직접 나선 일이었다. 시민들이 신고하면 단속원이 출동해 사무처리하는 시스템이었다. 얼마간 이 일을 계속하다가 행정안전부에서 관리하는 안전신문고가 있다는 걸 알고는 앱을 설치했고 더 손쉽게 신고를 하게 되었다. 그가 장애인주차구역의 불법주차를 중점적으로 살피는 이유는 장애인에게 할당된 자리를 부당하게 빼앗는 짓이 아주 질 나쁜 행동이라고 여겼기 때문이다. 몰지각한 행위에 대한 경고이며 몰염치한 이들에게 '금융치료'로써 깨달음을 주겠다는 게 그의 주장이었다.

장애인주차구역에 불법주차하면 10만 원의 범칙금이 부과된다. 웬만한 이들에게는 금융치료 효과가 나타나고, 일단 스티커가 발부되면 기분을 망치게 되니 벌로써 충분하다는데, 듣는 것만으로도 왠지 기분이 통쾌했다. 케이는 자신의 아파트는 물론 장애인주차구역에 불법주차하는 자동차들은 하나같이 대형 승용차거나 수입 승용차라며 씁쓸해했다. 그가 사는 아파트에서 불법주차하는 자동차들은 인정사정 보지 않고 몇 번이든 반복적으로 신고한다고 했다.

케이의 올해 신고목표치는 100건이었다. 작년엔 여름부터 시작하여 50건을 달성한 건데, 올해는 9월 현재까지 55건밖에 못했다며 더 냉정하게 신고해야겠다고 결의를 다졌다. 나는 그런 일에 결의를 다지는 케이가 좀 우습긴 했다. 그는 목표를 달성하기 위해 도로 불법주정차와 난폭운전자까지 계획에 추가했다. 그가 중점적으로 체크할 위반자는 주행 중 점선이 아닌 실선에서 차선을 바꾸는 행위, 고속도로에서의 급차선 변경, 인도에서의 불법주정차 같은 것이었다. 나는 그 일이 생각처럼 쉽지 않으며 귀찮고 번거롭다고 말했지만, 위반이 얼마나 나쁜 거란 걸 깨닫도록 행동으로 보여줄 거라고 했다. 그는 위반차량을 잡기 위해 고성능 블랙박스까지 장만했다고 한다. 그 말을 들으며 이런 사람도 있어야지 하는 위안과 함께 조금은 사회가 변화될 거라는 기대감이 들었다.

내가 사는 아파트도 밤마다 주차전쟁이다. 30년도 더 된 단지로, 지하 주차장은커녕 지상 주차 공간이 협소한데다, 한 가구 3차량이 많다보니 언제나 차들로 복잡하다. 늦은 밤이 아니어도 주차장은 웬만큼 운이 좋은 날 아니면 차 대기가 어렵다. 주차선을 지키지 않아 어정쩡하게 공간들이 남아돌 때는 전화라도 걸어 따지고 싶을 지경이다. 서로 조금만 배려하면 여럿이 편할 텐데, 하는 생각을 하며 빈 공간을 찾기에 눈이 바쁘다. 몇 개의 동을 돌고 돌아도 주차할 공간을 찾지 못해, 할 수 없이 아파트단지 밖에 대는 날도 허다하다. 그런 날은 늦잠을 꿈꿀 수 없다. 알람을 맞춰놓고도 깜박하니 신경이 곤두선다. 불법주차 스티커는 언제나 불쾌하고 범칙금처럼 아까운 지출도 없다.

케이의 발상은 엉뚱했다. 자신이 소득세를 적게 내니 지방정부의 재정확충에 그렇게라도 기여하고 싶다는 거였다. "그래야 우리나라가 복지국가도 되고 나랏빚도 갚고 또 최신 무기도 살 수 있다"며 천연덕스럽게 말하는 그를 보다가 입에 머금은 커피를 그대로 뿜어 버렸다.

그는 작년에 5백만 원의 재정적 도움을 지방정부에 주었고, 올해는 대략 천만 원의 도움을 줄 거라고 장담하듯 말했다. 이런 신고를 한들 신고자에게 금전적 이익이나 어떤 보상도 없다는데, 그럼에도 그 일을 계속한다는 게 나로선 여전히 이해불가이다.

　이 같은 신고자는 케이뿐만이 아니었다. 작년 한해 동안 우리나라에서 742만 건의 공익신고가 이루어졌다는 기사를 읽었다. 세상에는 별의별 사람이 다 있구나 하며 감탄이 절로 나왔다. 도둑질도 해본 놈이 한다고, 케이도 처음엔 이 일이 쉽지만은 않았다. 차주가 나타나 시비 걸까봐 겁이 났고, 그땐 어떻게 해야 하나 고민도 많았는데, 지금은 아주 노련해졌다며 으스댔다. "국회 앞에서 1인시위 하는 이들도 처음에는 각신 사러 온 상궁처럼 쭈뼛쭈뼛하죠. 하지만 일주일만 지나면 선수가 돼요." 평소 말수도 적고 얌전한 그가 사회정의구현에 나섰다는 건, 어쨌거나 이례적이다. 운 나쁘면 좋은 일 하다가 되레 덤터기 쓸 수 있다 생각하니 걱정도 되었다. 요즘 세상이 보통 세상인가. 자신과 아무 관계 없는 사람을 이유 없이 폭행하고 살인을 저지르는 세상인데, 괜히 성격 이상한 사람을 만나 시비라도 붙는다면…. 나는 당장이라도 케이를 말리고 싶었지만, 나의 불안을 일시에 눌러버리겠다는 듯 그가 느리게 말했다.

　"공익신고를 방해하면 무거운 처벌을 받아요."

　얼마 전 케이는 집 근처 일방통행로를 운전하다가 역주행하는 얌체차량을 발견했다. 귀가하여 블랙박스를 확인했지만 자동차 번호판에 무슨 조작을 했는지 번호가 촬영되지 않았다. 그는 뛰는 놈 위에 나는 놈이 분명 있더라고 분노했다. 잠복이라도 해서 그 자동차가 다시 위반할 때 기필코 현장을 잡고야 말겠다는데, 나는 그가 점점 걱정되었다.

케이는 올해 목표치를 달성할 수 있을까? 곧 10월이고 이 해도 석 달밖에 남지 않았다. 가뜩이나 일 많은 그가 그 일만 할 것도 아닐 거라서 더욱 궁금하다. '나무늘보'인 케이가 얼마나 바삐 움직여야 백 건을 채울 수 있을까? 그의 움직임이 상상만으로도 눈에 훤하다.

수필나무문학회 연혁

	월/일	내용
	07.31.	문학회 추진을 위한 모임 : 박효진, 김삼진, 변해진 참석
	07.18	본회 주최 특강 (강사: 김은중 수필가)
	08.05	도봉문화원 수필교실(강사 : 한복용) 〈수필나무가 있는 정원〉을 통하여 문학회 회원 모집 공고
	08.12	문학회 회원 16명 가입 문학회 이름을 〈수필나무문학회〉〈수나회〉로 하고 단체카톡방 개설
2023년	08.14	회장단 선출 : 초대회장 김삼진, 부회장 변해진, 총무 박효진
	08.23	본회 카페개설 : https://cafe.daum.net/dobongessay
	09.08	카페 담당 총무 : 이지현 선임
	10.28	정관 제정
	10.31	본회 주최 특강 (강사 : 이한얼 수필가)
	01.15	본회 주최 특강 (강사 : 엄현옥 수필가)
	01.16	정관 개정
	01.16	김삼진 초대회장 사임 / 변해진 후임 회장 선출
	01.17	수나회 운영위원회 구성과 함께 한복용 자문위원 초대
2024년	04.04	동인지 발행에 관한 구체적 방안 모색
	05.21	1차 정기총회 - 안건 : 〈수필나무문학회〉 발전 방안 모색 장소 : 우이동 '하이그라운드'
	06.18	본회 주최 특강 (강사 : 배귀선 수필가)
	10.15	본회 주최 특강 (강사 : 노정숙 수필가)
	11.05	임시총회 - 안건 : 동인지 출판에 관한 세부 계획 장소 : 도봉문화원 302호
	01.23	신입회원 1명 추가
2025년	02.18	신입회원 1명 추가
	03.18	본회 주최 특강 (강사 : 이혜연 수필가)

연도별 회원 활동 내역

연도	이름	활동 내역
2023년	김길자	『인간과문학』 수필 등단
	박효진	수필집 『너의 이름으로』 출간. 제11회 매원수필문학상 수상
	박칠회	『인간과문학』 수필 등단
	변해진	『에세이문학』 완료추천
	강명숙	『에세이문학』 완료추천
	이지현	『에세이문학』 완료추천
2024년	이혜경	『에세이문학』 완료추천
	이지현	『The 수필 2024 빛나는 수필가60』 선정 〈제6회 경상북도 이야기보따리 수기 공모전〉 입선
	변해진	『The 2024 수필 빛나는 수필가60』 선정
	강명숙	『The 2024 수필 빛나는 수필가60』 선정
	나선자	『인간과문학』 수필 등단. 수필집 『마음의 온도가 궁금해』 출간
	이경숙	『인간과문학』 수필 등단
2025년	이혜경	『The 수필 2025 빛나는 수필가 60』 선정
	김길자	『The 수필 2025 빛나는 수필가 60』 선정
	강명숙	『The 2025 수필 빛나는 수필가 60』 선정 『에세이문학』 2024 올해의 작품상 수상

수필나무문학회
메아리와 소음

지은이_ 수필나무문학회
펴낸이_ 조현석
펴낸곳_ 북인
디자인_ 푸른영토

1판 1쇄_ 2025년 05월 15일

출판등록번호_ 313 - 2004 - 000111
주소_ 서울 마포구 동교로19길 21, 501호
전화_ 02 - 323 - 7767
팩스_ 02 - 323 - 7845

ISBN 979-11-6512-507-3   03810
ⓒ수필나무문학회, 2025